CÉCILE CRASSOUS

Basse-cour

17, rue des Beaumonts

Cécile Crassous 3, rue Léonard de Vinci 37000 Tours
Prix public : 8,99€
ISBN 9798645320911
Dépôt légal : Juin 2020
Impression à la demande

First edition

ISBN: 9798645320911

Cover art by Senhor Tocas

This book was professionally typeset on Reedsy.
Find out more at reedsy.com

A Renaud, mon amour tendre

La confiance en soi fait le sot,
la foi en soi fait le grand homme.

Victor Hugo

UN

Il est des femmes grandes qui portent leur complexe sur les épaules. Ces femmes trop grandes, qui, pour ne pas regarder les autres de haut, se tassent et se voûtent, les épaules imperceptiblement en dedans.

Malgré toute leur bonne volonté, cela n'est pas suffisant pour les rapprocher du reste de l'humanité. Du haut de leur corps, elles seront toujours soupçonnées de porter sur les autres un regard condescendant. Si cela ne les met pas pour autant sur un pied d'égalité, les voir se tasser et se comprimer leur confère une attitude d'humilité tout à leur honneur.

Et puis, vivant dans ce même monde de la hauteur, il y a les autres. Celles qui ne se tassent pas. Les Femmes Grandes.
Les Femmes Grandes, altières.
Celles qui dominent le monde.
Celles qui, contre toute attente et en dépit des regards, ne craignent pas de porter des talons.
Celles qui traversent la rue en trois enjambées.
Celles qui jouent à égalité avec les hommes.
Celles qui ne baissent les yeux devant personne.
Celles qui attrapent nonchalamment la barre du métro en

hauteur, là où elle a été si peu touchée, presque exempte de microbes.
Celles qui sont au-dessus de tout.
Celles qui ne subissent pas l'haleine des vieux pervers dans la nuque.

Ma meilleure amie est de celles-là.
Majestueuse. Digne. Splendeur de la hauteur.
Comme un cygne ignorant tout de sa superbe, épaules en arrière, tête haute.
De loin, elle attire les regards. On la scrute, on l'épie du coin de l'œil, on la jauge.
Comme une tige oubliée dans un champ, dressée au-dessus du lot. C'est toujours elle que l'on voit en premier.
Comme une tige oscillant dans un champ magnétique, ma meilleure amie attire et fascine.
Et cette fascination est majorée par le contraste saisissant avec la banalité du reste du monde. Surtout lorsqu'elle marche à côté de moi. Car elle s'oppose à ma propre inélégance, mon avachissement, et ma tête qui, inexorablement, glisse en avant.
Comme une poule.

Pas de noblesse en moi, pas de port de tête digne et élégant.
Nous marchons côte à côte. Et je suis comme tous les autres, jetant un regard furtif de temps en temps, admiratif aussi, un regard discret pour ne pas dire, pour ne pas lui dire. La poule que je suis admire discrètement le cygne que je ne serai jamais.

Mon amie est grande et élégante, c'est un fait.
Qui plus est, mue par un esprit d'injustice évident, la vie l'a dotée d'une incapacité à accumuler les kilos, les trop-pleins de

repas, les abus de calories, les laisser-aller trop fréquents.
Aucun kilo supplémentaire ne ralentit ses mouvements aériens.
Je la vois, ma meilleure amie manger du fromage à la fin d'un repas copieux. Je la vois et je l'envie, mon esprit encore occupé au calcul des calories avalées.
Elle mange du fromage.
Elle est grande, elle est fine, elle mange du fromage. Et contre toute logique, elle garde une prestance princière.
Une part de brie, un morceau de cantal et du saint-nectaire, 400 calories le tout.

Elle a ce charme particulier des femmes pourvues d'assurance.
Elle est de celles qui ne transigent pas avec leur féminité. De celles qui n'attendent pas d'avoir des racines inacceptables pour aller chez le coiffeur.
De celles qui s'achètent des vêtements régulièrement, ont toujours un «petit quelque chose» de nouveau.
De celles qui ne sont pas contraintes par la courbe sinusoïdale de leur poids, oscillant entre minceur et surpoids.

Elle n'est pas de celles qui, comme moi, mutilent leur beauté pour venger leur laisser-aller. Qui ne s'accordent pas le droit de prendre soin d'elles si elles ont des kilos en trop.
De celles pour qui le droit s'incline devant le mérite.
Qui ne s'achètent des vêtements qu'une fois amaigries et satisfaites de ce poids idéal. Ce poids idéal, dont l'étymologie rappelle qu'il ne peut exister que dans l'imagination. Ce corps idéal qui retrouve, régime après régime, sa forme initiale. Inévitablement.

Elle n'est pas de celles dont le placard, frise chronologique d'une lente décadence, expose par strate culpabilisante les vêtements dans lesquels elle ne rentre plus, dans l'espoir vain de retrouver un jour prochain la taille adéquate.

De celles qui, rarement, se récompensent d'un regard bienveillant. De celles qui, souvent, se saccagent par pénitence. Et qui ne vont chez le coiffeur que lorsque la balance les y autorise.

Il était une fois une poule qui voulait être un cygne.

DEUX

Je me suis mise au sport.
Parce que ma meilleure amie dit que c'est bon pour le moral,
Parce que *Femme Actuelle* dit que c'est bon pour ralentir le vieillissement,
Parce que ma diététicienne dit que c'est bon pour garder la ligne,
Parce que mon médecin dit que c'est bon pour la santé.

Alors j'ai acheté des chaussures de sport, parce que mes baskets dataient du lycée, et que je ne suis plus en âge de porter du fluo. Et je me suis mise à courir dans le bois d'à côté. Un jour sur deux, toujours à la même heure. Je ne déroge pas à cette règle. L'emploi du temps est fixe, qu'il pleuve ou qu'il vente, un jour sur deux, à la même heure.
Un quart d'heure pour commencer.

Je m'échauffe dans ma rue, ma tranquille rue des Beaumonts. Je reste sur le trottoir des numéros impairs et regarde les chiffres des maisons défiler. J'aime cette rue. Si authentique et familière. Ses maisons étroites et resserrées, qui semblent se soutenir et se supporter.

Je fais de grandes enjambées, aussi ridicules qu'efficaces pour éviter un éventuel claquage. La rue est déserte. Seul le rideau en crochet à l'étage du numéro 28 semble bouger à mon passage. Je sais qui s'y cache et j'en ai l'habitude. Qu'importe. Me voilà dans mon bois.

Je m'échauffe, en souvenir de mes professeurs de sport de collège. Aucun ne m'a transmis le goût de l'effort physique. Il doit bien y avoir un sport qui me convienne pourtant... Je n'ai sans doute jamais eu de bon professeur.

Mon corps est prêt, je m'élance.
Je m'élance et je m'ennuie. Je m'ennuie, je m'ennuie, je m'ennuie. Je m'élance, je m'élance, je m'élance. Je luis et je lance. Je relance l'ennui.
Je noie l'ennui.
Je luis et je relance. Je lance la nuit, la nuit me tance.

Habituellement, mes pensées vagabondent indépendamment de ma volonté. Les idées surgissent, çà et là, sautant et virevoltant d'une idée à une autre, sans que je ne puisse rien y faire.
Mais lorsque je cours, rien. Ma tête est vide, les idées meurent avant de naître, comme entravées par ce rythme inhabituel, un rythme de machine, un rythme infernal qui impose une cadence trop rapide pour la réflexion.

Je lance, je tance, balance.
L'ennui, je luis, je fuis.
Je pense à mon corps auquel je suis en train de faire du bien, bien que cela soit tout à fait contre-intuitif.

Mon esprit et mon corps sont en totale opposition. Je me dis que je fais du bien à mon corps. Mais mon corps me crie le contraire. Il sue, il fatigue, il se traîne, il est lourd à transporter, il voudrait qu'on le laisse tranquille.

Je transpire. Des plaques apparaissent sur mon ventre et sous mes aisselles. J'ai l'impression d'un début d'allergie.
Je ralentis.

Seule, sans la compagnie de mes idées, je m'ennuie.
Je m'ennuie et je m'entends respirer.
Entendre ma respiration m'angoisse. À m'écouter respirer, je me rends compte à quel point ce réflexe est vital. Et si j'oubliais de respirer?
Je me concentre alors sur ma respiration. Je ne pense plus qu'à ça... je dois penser à respirer. Je dois penser à respirer. Respire. Respire. J'ai la tête qui tourne, à force de respirer trop rapidement. Je chronomètre ma respiration pour la ralentir à un rythme adéquat.
Forcément, ma course est plus chaotique.

J'ai perdu le rythme. Je manque de tomber. Mieux vaut finir en marchant.
Pour aujourd'hui c'est un échec.

Peut-être qu'un peu de musique dans les oreilles me permettrait de ne plus entendre ma respiration et de me concentrer sur le rythme de ma course? J'y penserai la prochaine fois.

TROIS

«Et toi, tu fais quoi?»
Angoisse de la question qui arrive aussi fatalement que régulièrement dès lors que l'on a une vie sociale.
«Et toi, tu fais quoi?» me demandent les collègues de mon mari, croisés à un coin de rue.
Me demandent des cousins éloignés profitant d'une réunion de famille pour mettre à jour leurs informations me concernant.
Me demande une nouvelle voisine, espérant relancer une conversation qui touche à sa fin.

«Et sinon, vous travaillez?» me demande le directeur de l'école, lors de l'entretien d'inscription de mes enfants.
Me demande la coiffeuse, pour passer le temps et adoucir l'attente qui me sépare de ma nouvelle tête.

«Tu as repris le boulot?» me demande ma meilleure amie, inquiète de voir la femme soumise que je suis abdiquer face à la femme active que je fus.
L'inquiétude de ma meilleure amie à mon égard remonte à la naissance de mon premier enfant, date à laquelle j'ai intégré la cohorte des femmes au foyer ordinaires qui n'ont pour seule rémunération que le regard approbateur de leur conjoint et la

bonne conscience d'être à leur place.

Je ne suis pas de celles qui revendiquent d'appeler cela un *travail non rémunéré*: cette catégorie de femmes qui se justifient avec le nombre et l'âge de leurs enfants, l'ampleur de la tâche et l'importance du défi.
Non, je suis plutôt de celles qui se faufilent et répondent avec un léger haussement de sourcils, comme pour s'excuser de l'absence de carrière.

Je sais que ma meilleure amie va encore me questionner, espérant me rallier à la cause des indépendantistes féministes. Elle va me questionner, comme à chaque fois que nous nous voyons. Mais je suis prête à l'affronter cette fois. J'ai soigneusement préparé ma réponse. Une réponse courte, brève et efficace: «Je m'occupe des enfants pour le moment parce qu'ils sont encore petits.»

Je crois que c'est une phrase qui place bien son homme.
Je ne dois pas oublier de dire *Pour le moment,* qui me pose en tant que femme active. Sous-entendu j'ai travaillé, et je travaillerai. Comprends que cette situation, si elle a la capacité de me rabaisser devant toi, n'est que transitoire.

Je m'occupe des enfants me parait tout aussi important. Il ne faudrait pas qu'elle m'imagine errer toute la journée entre deux canapés, un magazine féminin dans une main et une tasse de thé dans l'autre, marchant toute la journée en robe de chambre en flanelle.

Je cherche en vain ce que je pourrais dire de plus pour redorer

mon image à ses yeux. Que pourrais-je ajouter pour ressembler aux mamans cygnes, qu'aucun mépris ne fait plier sous un regard condescendant?
Si encore j'affrontais ma meilleure amie avec panache, l'écrasant de ma splendeur maternelle et me targuant d'assumer courageusement les nuits écourtées et la patience sans cesse renouvelée.

Mais non.
J'ai la conscience aiguë de cette misère de n'être que moi, la honte de ne pas être mieux.
Face à l'injonction de ma meilleure amie d'être une femme active.

Oui, je vais lui dire ma phrase bien sentie. *Je m'occupe des enfants pour le moment, parce qu'ils sont encore petits.*
Je vais lui dire ma phrase, avec tout ce que j'ai d'amour-propre, avec toute l'énergie qu'il me reste.

Pourtant je sais qu'elle ne répondra rien. Elle ne me posera pas de questions, sur les enfants, les activités, les difficultés que je peux rencontrer. Elle ne me demandera pas, comme pour n'importe quel autre travail, si j'arrive à tenir mon planning, si j'ai une pression de résultats, si c'est très physique, ou si cela me demande beaucoup de réflexion. Rien.
Elle ne dira rien.
Et elle aura raison. Il n'y a rien à dire.

QUATRE

À nouveau dans mon bois, je branche le lecteur de musique dont je suis maintenant équipée. Les oreillettes bien en place, me voici sur la ligne de départ de mon avenir sportif.
Je me félicite de mon achat: les constructeurs ont tout prévu, et l'appareil est livré avec des pincettes pour le fixer à la ceinture ou sur le bras. Le lecteur est également doté de clips pour le fixer derrière la tête. Je choisis cette option, car c'est la place idéale pour ne pas être encombrée par le cordon de l'écouteur.

J'ai lu que la musique pouvait jouer un rôle déterminant dans les performances des sportifs. Écouter de la musique pendant un entrainement pourrait accroître de 15% les performances en stimulant la sécrétion de dopamine et de sérotonine. La musique permettrait de développer nos capacités physiques et cardiaques tout en retardant les sensations de fatigue. J'ai donc téléchargé des musiques au rythme rapide, et qui me transmettent une bonne énergie.

Je suis ravie. Non seulement je vais pouvoir courir sans m'entendre respirer, mais je vais également accroître mes performances. Je n'ai plus qu'à attendre sereinement le moment grisant.

Il parait qu'à partir d'un certain moment, le corps crée des endomorphines qui procurent un sentiment de bien-être.
Je m'étonne de ne pas le ressentir. Peut-être faut-il patienter... ou peut-être que je ne cours pas assez vite? J'accélère.

Il pleut. Je ne prends aucun plaisir à courir sous la pluie. Si on enlève le plaisir, il reste tout de même trois impacts positifs à ma présence dans ce bois: vieillissement, ligne, santé. Je me concentre sur ces trois points.
J'accélère encore. Et pour me motiver, à chaque fois que je pose un pied au sol, je répète intérieurement: ligne, santé. Ligne, santé. Ligne, santé.

La pluie tombe de plus en plus fort. Heureusement que j'ai profité de la Promotion Running Femme pour m'équiper intégralement et acheter un poncho tout neuf.
Un poncho est aussi laid qu'efficace, ce qui me semble parfait dans cette situation. D'une part je déteste être mouillée par l'eau froide, et d'autre part, il me parait tout à fait justifié d'être mal vêtue. L'élégance est une attitude inconvenable lorsque l'on fait du sport. Un léger laisser-aller –voire une certaine négligence– prouve la motivation profonde du coureur.

Pratique et moche, mon poncho est parfait. Il est temps de l'étrenner.
Mais, tout en dépliant l'objet, je réalise stupéfaite qu'il ne répond pas du tout à mes attentes.
Ce poncho que je pensais être un allié dans ma recherche du plaisir sportif est en réalité un poncho de vélo. L'objet n'est pas du tout conforme à mes espérances.
Votre poncho vous accompagne partout, vous protège, vous, de la

tête au genou et votre vélo de la selle au guidon, est-il écrit sur l'étiquette accompagnant l'objet, étiquette que je n'avais pas lue.

Il pleut. Est-ce que je dois rentrer? Non, ne pas hésiter.
Car hésiter, c'est capituler.
Je ne dois pas déroger à la règle que je me suis fixée. Un jour sur deux, toujours à la même heure. Je n'ai pas envie de courir, je n'aime pas courir, je n'aime pas la pluie.
Ma petite voix intérieure me demande ce que feraient les autres, ces autres que je rêve de devenir...

L'envie de devenir une autre me donne la motivation nécessaire pour repartir sous la pluie, drapée de mon poncho de vélo.
Mais l'habit est trop long et entrave ma course. J'ai serré le cordon au maximum de sorte que mon visage est coincé dans le poncho. Malgré tout, un morceau de tissu mouillé se rabat et me colle au visage. La matière n'est pas exactement du tissu, plutôt une sorte de plastique.
J'ai tout à coup le sentiment d'être enveloppée d'une sorte de préservatif géant.
Ce poncho censé me protéger des intempéries est-il en réalité un préservatif géant qui protège le monde de ma personne?

Une femme me dépasse, jogging gris clair, tête haute, musique aux oreilles, cheveux châtains et longs jusqu'à la taille. Sa queue de cheval balance de droite à gauche au rythme de sa course. À droite, à gauche. À droite, à gauche.
Ligne, santé. Ligne, santé.
C'est la deuxième fois qu'elle me dépasse.

CINQ

«Il faut que je te parle». C'est ce qu'il a dit.
Il a dit «Il faut que je te parle», et il s'est assis.
Non. Ce n'est pas exactement ça. Il a dit «Il faut qu'on parle».
«Qu'on parle». Voilà ce qu'il a dit.
Je ne sais plus. Mes souvenirs se brouillent. Je voudrais me rappeler précisément, mais je dois bien admettre que mes souvenirs se brouillent. Je ne sais plus. Je ne sais plus s'il a dit «Il faut que je te parle» ou «Il faut qu'on parle».

En tous cas il s'est assis. De cela je suis sûre. Il s'est assis sur le fauteuil en tissu rouge. Ça aussi je m'en souviens, parce que c'est moi qui l'avais choisi, ce fauteuil. Lui aurait préféré du cuir.

Je nous revois, tous les deux dans ce magasin, à essayer tous les fauteuils en riant. Il s'était assis dans un fauteuil en cuir en prenant des airs de marquis. C'est vrai, le cuir ça fait tout de suite très chic. Une tasse de thé imaginaire dans une main, il m'avait demandé si le fauteuil à particule lui allait bien. J'avais ri. J'avais ri à cause du fauteuil à particule: l'expression m'avait paru bien trouvée.

Pour autant je n'avais pas cédé pour le fauteuil, parce que je n'aime pas le cuir. Même si le cuir ça fait tout de suite très chic, je n'aime pas ça. D'abord parce que ça colle aux jambes. Surtout l'été. Dès qu'on a les jambes nues, ça colle, et pour peu qu'on soit resté longtemps dans la même position, la peau et le fauteuil finissent par ne faire plus qu'un, et la séparation devient extrêmement désagréable, presque douloureuse si on ajoute la chaleur et la moiteur de l'été.

En hiver, ce serait plutôt le contraire. Le cuir reste froid comme une peau de serpent. Si bien que l'on a beau être couvert conformément aux températures, dès qu'une particule de peau entre en contact avec le fauteuil, le froid s'immisce en nous. Le cuir est un reptile froid et sans cœur. Vraiment, je n'aime pas les fauteuils en cuir.

Nous avions finalement acheté un fauteuil en tissu, plus moelleux et moins prétentieux.
Je sais que le renoncement du fauteuil en cuir lui avait coûté.
C'est pour cela que je lui avais laissé le choix de la couleur.
Il avait choisi rouge.

Je n'avais rien dit. Je n'avais rien dit et pourtant cette couleur allait jurer de tous les diables. Il faut dire que j'avais particulièrement travaillé notre intérieur, sur une base de couleurs naturelles.
Pour adoucir la luminosité, j'avais peint murs et plafond d'une teinte de lin clair, tandis qu'un tapis sisal superposait le parquet chêne doré.
J'avais même prévu de recouvrir notre fauteuil d'un damassé lin moyen.

Vraiment le rouge allait jurer dans cette douce harmonie de lin et de blanc.

Pourtant, devant ce fauteuil rouge qui heurtait avec fracas un équilibre esthétique patiemment modelé, il avait dit «Ah voilà un peu de vie dans cette maison! Tu ne trouves pas que ça manquait un peu de couleurs ici?»

Je n'avais rien dit parce qu'il avait l'air content.

Et que je l'aimais.

SIX

Ma meilleure amie m'a demandé si je voulais faire du shopping avec elle. Je n'aime pas cette expression. Je n'aime pas faire du shopping. C'est tellement plus chic de faire les boutiques.

Ma meilleure amie m'a demandé si je voulais faire du shopping avec elle, et je lui ai répondu que je n'étais pas disponible aujourd'hui.
Je ne voudrais pas qu'elle pense que je n'avais rien de prévu et que je suis libre comme ça, à l'improviste.

Je la rappelle un peu plus tard pour lui dire que je me suis finalement dégagée de mes obligations. Je sais que je ne devrais pas.
Non, je ne devrais pas l'accompagner, car je connais l'amertume de la poule face au cygne. Je sais déjà.

Je sais que je vais la regarder enfiler cette robe maille imprimée, coupée court et près du corps avec des manches en dentelles, au col rond festonné. Je sais qu'elle lui ira à merveille, laissant à voir ses jambes interminables, galbées, musclées.

Je sais qu'elle va essayer ce top boutonné, coupe près du corps, tissu transparent, manches longues et imprimé fleuri. Je sais combien ce haut mettra en valeur son joli décolleté pigeonnant.

Je sais qu'elle va enfiler ce pantalon enduit en tissu stretch coloris uni métallisé coupe skinny, poches plaquées au dos avec motifs ondulés en surpiqûres ton sur ton. Et qu'il valorisera son parfait fessier haut, ferme et bombé.

Puis viendra mon tour, je veillerai à ne rien trouver qui convienne à mon goût pour ne pas passer aux essayages, pour ne pas m'infliger son regard compatissant.
Mais elle insistera, épaulée en ceci par la vendeuse, et toutes deux voudront à tout prix me faire essayer cette robe chemise ample, imprimée, à la coupe droite fluide, manches longues et longueur au-dessus du genou.
La robe-sac, la robe-fourre-tout, la robe que l'on jette comme un drap pour dissimuler au mieux ce qu'il convient de ne pas montrer.

Alors nous sortirons de nos cabines respectives pour nous retrouver côte à côte face au miroir, moi cachant ma honte dans ce cache-misère, et elle exhibant son éclat, dans n'importe quelle tenue dévoilant ses courbes parfaites.

Elle virevoltera autour de moi, s'exclamant que cette tenue me va bien, si regarde comme tu es belle, elle prendra le miroir à témoin, puis la vendeuse et même une cliente si jamais une cliente traîne par là.

J'aurai les bras ballants, les épaules en avant, une boule dans la gorge, et elle sera grande, élégante, fera une petite moue en se

regardant dans le miroir.
Elle essaiera d'être gentille, de se dévaloriser, «Celle-là elle me boudine, tu ne trouves pas?» Mais sa beauté sera outrageuse, blessante et douloureuse.
Ignore-t-elle que sa beauté m'est insupportable?

Elle finira par me convaincre: «Elle te va bien, cette robe. Elle cache bien les formes. Et puis le noir, ça amincit.»
Alors j'achèterai la robe-blouse.

SEPT

Je ne me souviens plus précisément des termes qu'il a utilisés.
Je crois qu'il a dit «Il faut qu'on parle» .
Oui, c'est ce qu'il a dit. Enfin je crois, mais je ne suis plus sûre. J'aimerais me rappeler. Dans ce genre de situation, il est important de se souvenir de chaque détail. Je cherche à me remémorer avec précision: j'aimerais garder le contrôle... mais je ne sais plus.

Il a parlé, il a dit quelque chose, et il s'est assis sur le fauteuil. De cela je suis absolument certaine. Je m'en souviens avec précision, parce que justement ce fauteuil a une histoire.

Il n'y a pas de témoin de vie plus intime qu'un fauteuil. Par sa présence passive, il sait, il voit, et toujours reste à disposition. C'est lui qui accueille en son sein l'enfant obnubilé par son écran, le chat paresseux, les amis buveurs, le mari fatigué, l'ami de passage pour la nuit, les tasses de thé partagées, et l'épouse délaissée aussi parfois.

Il a dit «Il faut qu'on parle» et s'est assis sur le fauteuil, et ça je m'en souviens parce que juste au moment où il s'est assis m'est revenu le souvenir que c'est à cet endroit que nous avions fait notre premier enfant.

Nous en avions très envie. De faire l'amour bien sûr, mais aussi de cet enfant. Enfin je ne sais plus, mais à cette époque je crois que nous en avions très envie tous les deux.
Alors nous avions fait l'amour sur le fauteuil, je m'en souviens parce que ce n'était pas très confortable, enfin si au début pour les baisers, mais dès que l'on passe aux choses sérieuses c'est tout de suite un peu plus compliqué, le manque de fermeté et le manque de place ne permettent pas toutes les fantaisies.

Sans compter que nous étions un peu gênés par le tissu qui se prenait dans nos jambes: j'avais en effet acheté un joli damassé lin moyen. Sa couleur jurait avec le rouge du fauteuil, mais je n'avais pas eu tellement le choix pour la couleur et puis c'était toujours mieux qu'un fauteuil en cuir.

Je me souviens très bien que nous avions fait l'amour, enfin à moitié sur le fauteuil puis à moitié par terre sur le tapis sisal qui superposait le parquet chêne doré.
Je m'en souviens très bien, non pas que le plaisir ait été inoubliable, mais parce que je savais que c'était un jour d'ovulation. J'étais très excitée par cette idée. Lui était très excité tout court.

Han han, il disait, et moi aussi je disais des petits bruits pour ne pas le laisser tout seul, *han han*, pour l'encourager, *han han*, et en même temps j'avais le nez très près de la table et je voyais que la poussière s'était accumulée, *han han*, le rythme s'accélérait, alors moi je soufflais fort pour le motiver, mais aussi pour voir si j'arrivais à faire s'envoler la poussière, *han*

han, alors je continuais de faire des bruits, mais j'arrêtai de souffler parce qu'il allait y avoir de la poussière partout, je préférais l'enlever plus tard avec un chiffon et un spray adéquat, *haaaaan*, de toute façon ça y était, il avait fini.

Voilà pourquoi je me souviens très bien que cet autre jour, plus tard, bien plus tard, il a dit «Il faut qu'on parle» et il s'est assis sur le fauteuil où l'on avait conçu notre premier enfant.

HUIT

La première fois que je rencontre ma nouvelle voisine, c'est lors d'un repas où nous sommes toutes les deux invitées.
Julie-Lys. Quel drôle de prénom.

Ma première pensée concerne son nez. Il est trop long. Elle a beau arriver avec un dessert, c'est gentil bien sûr, mais son nez est trop long. C'est dommage, car le reste de son visage n'est pas vilain.

J'aurais pu arriver avec un dessert moi aussi, surtout que je réussis particulièrement bien le tiramisu. Ce n'est pas pour me vanter, tout le monde le dit. Mon tiramisu est particulièrement réussi. Il est mousseux, léger. À la fois crémeux et croquant. J'ai d'ailleurs plusieurs variations de ma recette: aromatisée, alcoolisée, aux fruits ou à la vanille... et toutes sont excellentes.

Mais je ne l'ai pas fait, je n'ai pas apporté de tiramisu. Je n'ai rien apporté.
Je lui dis bonjour, mais je ne la trouve pas jolie. Pas jolie et pourtant, dès que mon mari la voit, il la regarde étrangement. Il a beau tenter d'être discret, l'évidence me saute aux yeux: Julie-Lys le fascine.

Elle parle beaucoup, de tout, de rien, et au cours du repas, elle attrape la conversation comme on dompte un animal sauvage.
Et elle lui passe la corde au cou suffisamment longtemps pour que, tandis qu'elle parle et qu'elle parle, mon esprit se mette en quête de comprendre ce qui le fascine en elle.
De prime abord, rien n'explique que les yeux de mon mari s'attardent sur Julie-Lys.
En plus de son nez trop long et trop anguleux, sa conversation n'est pas passionnante.
C'est lorsqu'elle le regarde et rit aux éclats pour une plaisanterie qui me parait banale, que je comprends.

Son sourire est éclatant. Éclatant de bonheur, de légèreté, de grâce. Car la beauté n'est pas la grâce.
À y regarder de plus près, si son sourire éclate tant, c'est qu'il offre un contraste entre ses dents blanches et son rouge à lèvres.
Pas un gloss transparent irisé, non. Un Rouge. Vif. Brillant.
Ou comment assumer d'être une star hollywoodienne lors d'un simple dîner de vendredi soir d'une ville de banlieue.

Comment peut-elle être aussi à l'aise, alors que sa bouche prend toute la place dans la pièce?
Oui, elle capte toute la lumière, et rend toutes choses pâles alentour.
Mais surtout, comment fait-elle, techniquement, pour que le rouge sur ses lèvres ait tenu toute la soirée? Il est minuit, l'heure où mon rouge à lèvres, si tant est que j'en aie mis un, s'est dissipé dans les méandres du temps.

Disparu comme toute chose tend à disparaître, ravie par la

mort et par l'oubli. Le rouge à lèvres, sur mes propres lèvres, devient la métaphore du temps qui passe et de la mort.
Mais elle... elle a la vanité de penser qu'un rouge à lèvres puisse nous détourner de notre ultime dégradation.

Je veux être comme elle, femme fatale et femme buffle tout à la fois, assumant sa féminité dans une ultime provocation, son sexe en pleine figure.

Dès le lendemain, je vais dans un magasin de femmes. Je suis sur le point de sortir, agressée par la cacophonie olfactive formée par le mélange des parfums âcres, ocres, vanillés et entêtants.
Mais un vendeur très efféminé me retient.
J'aime les vendeurs efféminés, car ils n'ont pas peur de la démesure. Ils n'ont pas peur des maquillages excessifs, ou même extravagants. Et cela me fascine.

Il me montre comment appliquer mon rouge à lèvres. Il me tend un miroir, croise les jambes et se tord les mains. «Vous êtes belle... si j'avais une bouche comme la vôtre, j'en profiterais!»
Il parle et parle et parle, et m'enivre, et je me sens belle, «Vous savez la coquetterie n'est pas un vilain défaut...». Et il me pousse à assumer ce rouge, si rouge... tellement rouge.

Dans ce magasin, mon image, réfléchie dans tant de miroirs, me fait baisser les yeux. Mais, une main sous mon menton, mon vendeur plus féminin que moi me relève la tête.
À cet instant moi aussi je suis un buffle, une tête haute.
«Ce rouge a la particularité d'être hautement pigmenté et de tenir toute la journée. Il ne bouge pas! Parole de vendeur. Moi-

même je l'ai essayé, et même après avoir mangé, après avoir bu ou après avoir parlé pendant des heures, les lèvres restent habillées» .
Les lèvres restent habillées... comme cette expression est jolie... Jolie, et ridicule. Mais jolie quand même.

Je ne sais pas si j'ai acheté les paroles du vendeur, ou son assurance contagieuse, ou l'image de moi dans ces miroirs, toujours est-il qu'en sortant du magasin, ce rouge à lèvres dans mon sac, je suis une autre femme.

Je rentre chez moi.
Je me réjouis de mon achat, de cette confiance en moi pour 27 euros. J'applique méticuleusement le rouge à lèvres comme le vendeur me l'a si bien appris. Je me regarde. Le rouge vif, brillant, haute tenue.

Mais tout à coup l'évidence me saute aux yeux: j'ai l'air d'une pute.

NEUF

Je ne sais plus s'il a dit «Il faut qu'on parle» ou «Il faut je que je te parle». En tous cas il s'est assis sur le fauteuil rouge. Ça, je m'en souviens très bien.

Si je dois préciser les choses, après qu'il ait parlé, j'ai éclaté de rire.
Il avait un air tellement contrit, tellement meurtri, un air que je ne lui connaissais pas. J'ai éclaté de rire, parce que nous étions tellement heureux, enfin c'est ce que je croyais.
Juste après, j'ai eu honte d'avoir ri. Tout ceci était tellement évident, tellement cousu de fil blanc. Je me suis sentie naïve et ridicule.

Alors il a dit «Il faut qu'on parle», j'ai éclaté de rire, puis j'ai vu qu'il ne riait pas. J'attendais la suite, comme on attend la fin d'une plaisanterie. Et il s'est assis sur le fauteuil rouge. Il avait les larmes aux yeux. Ce sont les larmes aux yeux qui ont coupé mon rire.
Je ne comprenais pas.
Je ne comprenais pas, et lui ne m'expliquait pas. Il restait silencieux, drapé dans sa honte.

Alors j'ai parlé pour lui. Et le calvaire a commencé.
Car c'est moi qui ai dû dire les mots.
J'ai dû choisir chaque mot, avançant au gré de ses hochements de tête.
Oui, non, comme toute réponse à mes questions.
Oui. Non. Je ne savais pas ce que je cherchais, alors j'ai questionné du plus large au plus précis, comme un entonnoir.

Je lançais des questions. Légères au début, imprécises et inappropriées. Oui, non.
Comme on pêche à la mouche je lançais les questions en l'air, et les réponses tournoyaient comme des appâts légers, avant de retomber, brèves et rares, faisant oublier, tout comme les appâts, leur fonction première d'objets de mort.
Supplice de devoir soi-même poser les mots sur ce que l'on ne soupçonne pas, sur ce que l'on ne désire pas. Supplice d'apprendre par sa propre bouche, de dire le verdict, de faire tomber le couperet sur sa propre vie.

Oui, non. Les réponses dans un souffle honteux.
Oui, non. Devoir dire les mots à sa place.
Et toujours cet espoir d'un mauvais canular. Même les yeux rougis, dans ce tourbillon d'incompréhension, dans ce silence coupable, survit cet espoir vain d'une chute inattendue.

C'est ainsi que certains couples se défont, sans un bruit, dans un silence étonné.
Je n'ai rien vu, je n'ai rien senti, je n'ai rien compris.

Il y a quelqu'un d'autre.
Bien sûr. Comment pourrait-il en être autrement. Il y a

beaucoup d'autres gens.

Il y a quelqu'un d'autre.
Oui, non. Je ne suis pas sûre de comprendre. Je ne comprends pas, excuse-moi, pourrais-tu tout me répéter depuis le début? Je ne suis pas sûre de comprendre cette situation, j'ai besoin d'entendre encore une fois, je suis désolée, je crois que je ne comprends pas.
Il y a quelqu'un d'autre... Mais ce n'est pas ta faute. Ce n'est pas ta faute. Tu n'y es pour rien.

Je ne saisis pas. Quelqu'un d'autre s'est immiscé dans notre amour, mais ce n'est pas ma faute. Le fauteuil sur lequel nous avons conçu un enfant accueille les sanglots, placide.
Ce n'est pas ta faute.
Litanie du bourreau culpabilisé, qui voudrait amoindrir ma peine tout en me condamnant à mort.

Bien sûr que c'est ma faute. Sinon il n'y aurait pas quelqu'un d'autre entre nous.

DIX

J'ai arrêté de courir.
Lorsque je cours, apparaissent sur le haut de mon corps des plaques rouges et des démangeaisons insoutenables. J'ai d'abord pensé que cela pouvait être une allergie au plastique de mon poncho. Mais une séance vêtue d'un simple débardeur à la matière respirante et légère me prouva que non.

J'ai ensuite pensé que cela pouvait être d'origine psychologique, et qu'avec un peu de bonne volonté tout cela rentrerait dans l'ordre.
La réalité est tout autre: j'ai une intolérance à ma propre transpiration, ce qui est particulièrement dommage pour mon avenir sportif.

Sur les conseils de mon médecin, je dois arrêter immédiatement cette activité et chercher un sport qui convienne à cette situation nouvelle. Il pense que la natation serait plus appropriée, car dans l'eau, je ne serais pas gênée par ma sudation.

J'ai d'ailleurs lu un article très intéressant sur le sujet:
La natation étire vos membres, vos articulations et la colonne vertébrale. Ce sont des zones qui ont des plaques de croissance

qui sont responsables de la croissance en taille. La natation est un excellent moyen d'ajouter quelques centimètres supplémentaires à votre posture verticale.

Le surpoids étant un équilibre entre le poids et la taille, les éventuels centimètres gagnés en longueur sont autant de kilos à perdre en moins.

Je vais donc me mettre à la natation.
Pour cela, je dois acheter un nouveau maillot de bain, car je ne rentre plus dans le mien.
C'est ainsi que je me retrouve dans une situation particulièrement désagréable, dans un milieu qui n'est pas le mien, à savoir un magasin d'articles de sport.
Bien qu'assez douloureuse, cette expérience d'achat de maillot m'apprend une chose fondamentale.
Il m'apprend que le choix du maillot ne doit en aucun cas dépendre de la vendeuse qui, comme son nom l'indique, a pour fonction de vendre. Il est parfois difficile d'ignorer sa flagornerie, et il serait tentant d'écouter ses compliments sur mon corps qui, soi-disant, peut se permettre tout ce qu'il veut.

Me voici donc en terrain hostile, à subir les assauts d'une vendeuse dont la technique de vente repose essentiellement sur la flatterie.
Me voici vulnérable, car à moitié dévêtue, contrainte d'écouter le verbiage d'une personne pour qui le muscle est un objectif de vie. C'est dire si nous n'avons rien en commun.

Je sais que ce n'est qu'un mauvais moment à passer et je fais tout pour que cette situation qui m'est particulièrement

désagréable dure le minimum de temps.
Mais la vendeuse ne semble pas de cet avis. Au contraire, elle me donne l'impression de vouloir prolonger ma visite par tous les moyens possibles, en me faisant essayer toutes sortes de maillots, du plus inadapté au plus ridicule.

Et chaque nouveau maillot enfilé lui donne prétexte à de vaines flatteries.
Je pourrais me laisser aller au plaisir de la parole enjôleuse si je n'avais cette acuité du regard sur moi-même. Et ce serait bien agréable. Mais non.
Au contraire, sans que je comprenne pourquoi, chaque compliment qu'elle m'adresse m'est particulièrement douloureux.

«Vous devriez oser un peu de couleur… ça égayerait votre visage!» Ou comment me dire que j'ai la peau blanche, pâle, blafarde.
«Le deux-pièces vous va très bien. Je trouve qu'il offre un meilleur maintien au niveau de la poitrine» ou comment m'annoncer que j'ai atteint l'âge où, indéniablement, la poitrine s'affaisse.
«Ce modèle est intéressant, car tout en étant sobre, il propose un peu de fantaisie avec le petit nœud sur le côté». Ou comment me dire que je suis triste et pathétique.
Ses tentatives d'optimisme sont autant de coups de poignard.

Les larmes aux yeux, je tranche. Je ne veux plus rien entendre sur moi-même. Aussi bienveillante qu'elle paraisse, son regard sur moi m'est insupportable. Laissez-moi dans ma cabine. Laissez-moi.

Je coupe net. Je rentre dans la cabine, et ne sors plus que ma tête, mes mains tenant les rideaux sous mon menton.
Non madame, mon corps ne veut rien, encore moins défiler dans un maillot rouge à froufrous. Mon corps voudrait, peut-être, mais il n'a pas les commandes, alors merci de vous adresser à mon cortex qui souhaiterait aller directement à l'essentiel: un maillot ni décolleté, ni échancré, ni évidé.

Un maillot une pièce, noir. Et gainant si possible.

ONZE

J’ai repris le travail.
J’ai repris le travail parce que je crois qu’une femme qui ne travaille pas ne peut pas intéresser son mari.

Il est flatté au début, l’homme qui assume financièrement toute la famille. Il est flatté dans son égo de chasseur-cueilleur, et récompensé par l’attention toute naturelle de la femme à son retour.
Elle est adulée en retour, la femme qui enfante et devient maternante.
Et puis les années passent. La fierté devient habitude et l’adulation béate fait d’abord place à l’admiration, puis à la tranquillité pratique.

Voilà comment je suis devenue au fil du temps la femme à qui on n’a plus grand-chose à raconter, à qui on ne pose plus aucune question qui ne concerne les enfants.
Je crois que la reprise du travail peut relancer notre couple, mais aussi me permettre de m’assumer en tant que femme.
D’ailleurs, depuis que j’ai repris le travail, je me tiens plus droite.

Il faut dire que travailler me donne une contenance.
Un peu comme une cigarette à l'arrêt de bus: elle sépare ceux qui ont l'air actif, qui s'affairent pour chercher un briquet au fond de leur sac, le paquet de cigarettes à la main, la tête penchée sur le côté pour coincer leur portable sur une épaule... et les autres, ceux qui attendent mollement, les yeux vides et les bras ballants.

J'ai repris le travail, et j'ai aussitôt retrouvé l'assurance fondamentale de ceux qui se savent utiles, et dont l'utilité est attestée à chaque fin de mois par un bulletin de salaire.
Je n'ai plus honte lorsqu'il me demande ce que j'ai fait dans la journée. Les premières fois, j'étais tellement fière que je répondais très vite. Trop vite même. Je m'entendais parler, comme un enfant excité à l'idée d'avoir la bonne réponse, et qui ne peut contenir son désir de répondre avant tout le monde, et qui crie la réponse à travers la classe, avant même la fin de la question.

Au début donc, je constatais ce même jaillissement, trahissant mon excitation d'avoir quelque chose à raconter.
Consciente du ridicule de mon attitude, je prends maintenant l'air faussement dégagé de ceux qui n'ont rien à prouver. Alors je raconte ma journée, j'en rajoute un peu pour l'étonner, et je termine toujours en disant «Depuis que j'ai repris le travail, c'est un peu la course.»

J'aime bien les gens qui disent *C'est la course.*
Ce sont des battants, des guerriers. Le monde va vite pour eux: ils sont entraînés dans une lutte contre la montre. Ils se battent contre les éléments. Ils font la course contre le temps qui passe et son universalité. Alors moi aussi maintenant, je dis que je

fais la course.
Puis j'ajoute que les enfants sont très fiers de moi.

J'adore dire ça aussi. Que les enfants sont fiers de leur maman. Je me dis qu'à défaut de m'aimer encore comme femme, il peut peut-être m'aimer comme mère.
Bien sûr personne n'est dupe, et tout le monde sait qu'on ne peut donner aucun crédit à des personnes capables de s'enfoncer une bille dans la narine.
Mais je compte bien profiter de ma suprématie maternelle pour leur faire dire ce que je veux.
«Les enfants sont fiers de moi et puis ils adorent la nouvelle nounou.»

C'est vrai. Ils adorent leur nounou. Je crois que c'est ça le plus douloureux. J'aurais tellement aimé qu'ils tapent du pied. Qu'ils ne se laissent pas faire, qu'ils tentent le tout pour le tout pour me garder. J'aurais aimé qu'ils arrêtent de se nourrir en signe de protestation. Mais non. Je leur ai demandé d'être bien sages avec la nounou, et ils sont bien sages avec la nounou.
«Ils adorent leur nounou.»

J'ai allumé une cigarette pour ponctuer ma phrase. Pour me donner du style, mais aussi pour clore la discussion. J'aime bien lui parler de mon travail. Mais quand je commence à penser aux enfants, et au temps que je ne passe plus avec eux, je penche la tête en arrière, et je regarde au plafond.
C'est une technique comme une autre, mais quand je regarde comme ça, fixement en l'air et sans cligner des yeux, les larmes disparaissent.

DOUZE

Ma meilleure amie voyage beaucoup pour son travail.
Nous nous écrivons régulièrement et c'est toujours extraordinaire de la découvrir dans des endroits exotiques. Un jour en sari à New Delhi, un jour en boubou à Bamako, un jour en poncho à Buenos Aires... à dos d'éléphant, en pousse-pousse, au milieu d'une foule immense pour un rassemblement religieux, ou bien toute seule dans le désert, entourée d'étoiles...

Quand ma meilleure amie revient en France pour quelque temps, elle ne manque jamais de me téléphoner, et nous nous retrouvons au Café des Rigollots, toujours à la même terrasse, toujours à la même table. C'est notre petit rituel.

Aujourd'hui, je me réjouis particulièrement de ces retrouvailles. En toute logique je devrais pleurer sur son épaule et lui raconter l'épisode du fauteuil rouge. Pourtant, non, je ne lui dirai rien. La peine est trop grande, je ne suis pas encore prête. Au contraire, je me réjouis de m'oublier un peu et de voyager à travers elle.

Je m'assois dans le coin, près de la bâche, tandis qu'elle s'assoit sur la chaise, face à la vitre.
Je m'apprête à voyager par la pensée, comme à chaque fois

qu'elle revient de l'étranger. Je me cale dans mon fauteuil, sirotant un thé vert aux épices. Destination le Mozambique.

Alors que je pense entendre une description des paysages à couper le souffle, de la gentillesse des autochtones et des plats pimentés, ma meilleure amie commence à me raconter par le détail le luxe de l'hôtel dans lequel elle a logé, un complexe touristique qui se trouve à 3km de l'île de Benguerra. Autant dire les pieds dans l'eau.
Enfin, un hôtel de luxe qui en a surtout le nom et les tarifs, parce ce que pour ce que j'en comprends, c'est un hôtel qui revendique cinq étoiles, mais n'en vaut pas plus que deux, bien que comprenant un spa, un restaurant et une piscine extérieure.

Je hoche la tête en signe de désapprobation, car je me joins volontiers au mécontentement de mon amie. Je ne vais pas suffisamment à l'hôtel pour différencier un quatre étoiles d'un cinq étoiles, mais je fais entièrement confiance à mon amie pour savoir ce qu'il en est. En l'occurrence, un service médiocre et une climatisation défectueuse me suffisent: je suis scandalisée par amitié interposée.

C'est à ce moment précis que ma meilleure amie me demande combien je paye quand je vais à l'hôtel. Je lui dis que je dors très rarement à l'hôtel, et surtout que je ne comprends pas sa question. Je paye ce qui est indiqué, comme tout le monde!
Et la voilà qui se met à rire. Puis son rire se transforme en sourire, elle m'englobe tout entière d'un regard dont je ne sais s'il relève de la tendresse ou de la condescendance.

Alors, elle se penche en avant, les avant-bras sur les genoux, s'approchant de moi, dans une attitude que l'on prend habituellement pour parler aux enfants, et elle daigne m'expliquer.

Elle m'explique que, en réalité, les prix indiqués ne sont pas du tout les prix pratiqués. Que les hôteliers ont l'habitude de faire des rabais, sur simple demande de la part des voyageurs. C'est un jeu de dupes, tout le monde le sait, il suffit de demander!

Je suis stupéfaite. Moi qui paye scrupuleusement, qui ne dépasse jamais d'une minute l'horaire indiqué, qui fais mon lit pour ne pas donner de travail à la femme de ménage, qui ne touche pas au minibar, et qui ne gare jamais ma voiture dans le parking... il suffit de demander?
«Mais bien sûr... Regarde, moi, par exemple. Je ne paye jamais le prix indiqué. Jamais. C'est une question de principe».
Je lui rétorque qu'elle vit la moitié de son temps dans des hôtels. Que c'est un milieu qu'elle connait bien, et qu'il est plus facile de négocier quand on n'est pas impressionnée comme moi.

Et c'est là qu'elle éclate de rire, un rire aussitôt suivi d'un ricanement piquant. Elle me donne le coup de grâce en m'avouant qu'elle pratique la négociation dans tous les domaines. Les hôtels, mais aussi les restaurants, les magasins! Tout est prétexte à demander un rabais. Je n'en reviens pas.
J'apprécie de moins en moins cette conversation. Je l'écoute sagement développer son argumentaire, mais j'avoue être piquée à vif quand elle conclut par un «Oh, tu es trop mignonne...».

Comme j'ai du mal à croire ce qu'elle avance, la voilà qui

se met en tête de me prouver ses dires. Je n'ai pas le temps de protester que je vois le serveur obéir à l'appel de mon amie, elle-même excitée à l'idée de me confondre devant lui et de prouver ma naïveté.
J'assiste alors à une scène qui me méduse: mon amie, usant et abusant de son sourire et de son charme, se fait offrir un verre par le serveur, en quelques minutes à peine.
Ledit serveur, qui ne fait qu'obéir docilement aux prédictions de mon amie, n'a pas l'air de comprendre qu'il est manipulé.

Au contraire, le pauvre homme se croit dans un jeu de séduction où tous deux seraient à égalité. Il pense que sa galanterie le place dans une situation de domination: comme si offrir un verre à mon amie lui donnait l'ascendant sur elle.
Pauvre bougre, qui me semble tout à coup pathétique, à placer sa virilité servile au service de mon amie qui n'a qu'un but en tête: me donner tort.
Le bon chien-chien est content de faire plaisir à son maître, il agite la queue, et repart au comptoir, sous les yeux ravis de mon amie qui le regarde partir d'un air triomphant.

Tout s'embrouille dans ma tête: la pitié pour ce serveur au garde à vous, la perfidie féminine... mais surtout le constat ahurissant que les hommes se plaisent à être manipulés.
Est-ce cela que les hommes cherchent?

TREIZE

«Il y a quelqu'un d'autre... Mais ce n'est pas ta faute. Ce n'est pas ta faute. Tu n'y es pour rien».
Je m'accroche à ses paroles, bien que je n'y accorde aucune crédibilité. Si je fais l'état des lieux de ma personne, ma part de responsabilité ne fait aucun doute. J'ai vieilli. J'ai grossi. Je suis trop. Et pas assez. En tout état de cause, je devrais me réjouir qu'il m'ait aimée jusqu'à maintenant.

Il était tellement fragile, ce molosse aux pieds d'argile sanglotant sur son fauteuil rouge. Tellement fragile que je ne lui ai pas posé la question qui fait mal.
Pourtant elle me brûlait les lèvres. La question lancinante, celle qui devient obsessionnelle, la question à la réponse douloureuse. La question interdite, aussi courte et aussi efficace qu'un tir à bout portant. La question qui rend fou, la question dont on ne veut pas connaitre la réponse. La question qui nous fait détester nos amies, nos sœurs, nos collègues, la question qu'on ne devrait jamais avoir à poser: «C'est qui?»

Non, je ne l'ai pas posée ce jour-là, même si elle me brûlait les lèvres, parce qu'il était tellement triste déjà.
Je ne l'ai pas posée, mais j'ai palpé que l'ignorance était la pire

des douleurs. Comme tout le monde, j'ai cru que savoir me permettrait de restreindre le périmètre de ma souffrance, me permettrait de mieux cerner le problème, et de comprendre pourquoi.
Alors j'ai cherché.

J'ai cherché en espérant ne pas trouver, pressentant le cruel degré de douleur liée à la certitude. Il ne m'a pas fallu déployer des trésors d'ingéniosité pour savoir. Les réseaux sociaux m'ont répondu avec perte et fracas, ils ont vomi plus d'informations que je n'étais capable d'en recevoir, comme autant d'uppercuts dans ma tête.

Elle était jeune, bien sûr.
Elle était fraîche, bien sûr.
Elle n'était pas très belle. Enfin je ne sais pas. Si. Bien sûr qu'elle était belle.
N'était pas mariée, pas d'enfants, pas de peau du ventre qui pend.
Elle souriait sur toutes les photos, apparaissant parfois sur des photos tronquées, où l'on devinait le bras d'un homme. Et me voilà, collée à l'écran jusqu'à m'en brûler les yeux, tendue de tout mon corps, les sens en éveil vers une main poilue dont je tentais de reconnaître les particularités.

Ce n'est pas sa main. Ce n'est pas sa main. Je louais et vénérais le détail qui différenciait la main de la photo de la main tant aimée. Cela ne changeait rien fondamentalement, bien sûr.
Mais en matière d'être aimé, voir n'est pas savoir.
Cette petite victoire me donna la force d'encaisser la suite, et d'en apprendre plus que je n'en voulais. Elle était jeune, elle

était belle, elle était active, et pour cause: elle était prof de sport.

Ce jour-là je me suis regardée dans le miroir, toute nue, sans complaisance. Je voulais voir en face ce qui l'avait fait partir.
Ou tout du moins, ce qui ne l'avait pas retenu.

C'est ce jour-là que j'ai commencé à ne plus m'aimer.
Je me suis regardée dans le miroir et j'ai pleuré.
Une prof de sport. En l'état, je n'avais aucune chance.

Je me suis regardée, j'ai pleuré, et j'ai décidé de prendre en main mon avenir sportif.

QUATORZE

L'achat de mon maillot a peut-être été une expérience pénible, mais je suis ravie du résultat: mon nouveau maillot est très couvrant. D'ailleurs je suis très enthousiaste à l'idée de prendre mon corps en main.

Bien sûr, la natation reste une succession d'épreuves. Et pour en minimiser les effets, je ne dois rien laisser au hasard.

Le choix de la piscine par exemple, est primordial. Il existe des piscines où le port du bonnet de bain est obligatoire, tandis que d'autres piscines supportent une chevelure attachée. Il va sans dire que la seconde option est préférable, mais elle s'oppose dans mon cas à un deuxième paramètre important dans le choix de la piscine: sa localisation.

Statistiquement, plus la piscine est éloignée du domicile du nageur, moins les chances d'y croiser un voisin sont élevées. Pour ne pas être vue en maillot de bain par une connaissance, il faut donc choisir une piscine éloignée de son domicile, de son lieu de travail, et de l'école de ses enfants.

Dans mon cas, la piscine correspondant à ces critères est une piscine où le port du bonnet est obligatoire. Qu'importe, il existe une parade pour ne pas être reconnue dans cet accoutrement ridicule. Il suffit de ne jamais quitter ses lunettes de natation et ce, dès la sortie des vestiaires. Il est alors presque impossible d'être reconnue.

Lors de ma première séance d'entrainement, j'ai un peu de mal à enfiler mon tout nouveau maillot de bain. Il est extrêmement gainant, j'ai même du mal à respirer.
Bonnet de bain, lunettes, maillot gainant, serviette, claquettes aux pieds, tout est en place. Je sors des vestiaires, et jette un coup d'œil rapide sur les nageurs. Tout va bien, je ne connais personne.

Je suis ravie d'avoir mis des claquettes, qui me permettent de marcher tranquillement, sans avoir besoin de scruter le sol pour détecter les immondes cheveux et autres répugnances.

Je déteste par-dessus tout poser mon pied sur un sol sale et mouillé. Et sans claquettes, c'est presque impossible. Bien sûr au début on fait attention, on choisit les carreaux sur lesquels poser ses pieds, mais cela demande beaucoup d'énergie, et il suffit de se faire bousculer pour se retrouver dans une situation indélicate.

Cela m'est arrivé une fois. La personne qui nettoyait le sol avait fait un petit tas de saletés, un amas de poils et de cheveux qui attendait d'être ramassé. Pourquoi avoir fait un tas au lieu de tout ramasser au fur et à mesure? Je l'ignore. Toujours est-il que, les yeux rivés sur ce tas qui me procurait une répugnance extrême, je restais immobile sur une dalle. Je ne savais plus

où aller, aucune dalle ne me paraissait suffisamment propre pour avancer. J'étais un peu paniquée à l'idée de rester coincée sur cette dalle éternellement. Et c'est justement à cet instant qu'une personne m'a bousculée. Pour rattraper mon équilibre, j'ai évidemment posé le pied là où j'ai pu, c'est-à-dire dans l'immonde tas de saletés de productions corporelles des autres.
J'en frissonne encore.
Mais aujourd'hui cela n'arrivera pas, car j'ai mis des claquettes.
Je les enlève uniquement pour passer le pédiluve.

J'ai d'ailleurs élaboré une technique pour franchir ce petit sas bactériologique.
J'avance au maximum dans le pédiluve avec mes claquettes.
Lorsque l'eau arrive à ras de la semelle, c'est-à-dire juste avant qu'elle ne touche mes pieds, je monte sur la barrière, les pédiluves étant toujours encadrés de deux barrières sur les côtés. J'attrape mes claquettes et, cramponnée à la barrière, je finis de traverser en marchant comme un crabe, et en me tenant fermement avec les mains. Le plus délicat reste d'attraper ses claquettes depuis la barrière.

C'est justement ce moment que choisit le maître-nageur pour venir me parler. Je ne le trouve pas très aimable, et même peut-être un peu agressif. Il m'explique avec véhémence que je ne dois pas traverser le pédiluve par la barrière. Je lui explique avec courtoisie que j'ai toujours fait comme ça, que c'est ma technique pour éviter de mettre les pieds dans le pédiluve.

Mais il m'explique que si le pédiluve est conçu de façon à ce que les baigneurs ne puissent pas le contourner, c'est qu'il y a une raison, et qu'il est obligatoire de passer par lui.

Je lui rappelle que je passe actuellement par le pédiluve et que s'il ne m'avait pas interrompue j'aurais déjà traversé, je ne serais pas là, accrochée à la barrière, à discuter le bout de gras avec lui.

Mais, profitant de sa supériorité de maître-nageur, il m'explique que passer par la barrière est illégal, et qu'il faut indiscutablement mettre les deux pieds dans l'eau. Il ajoute que le pédiluve a une fonction sanitaire dans la mesure où il nettoie les pieds, vecteurs potentiels de champignons, virus ou bactéries qui peuvent se transmettre d'individu à individu.

Bien sûr que je sais tout cela, et que c'est justement la raison pour laquelle je ne veux pas mettre pas les pieds dans ce nid à microbes.
Je commence à perdre mes moyens. Je ne sais comment lui faire comprendre que mes pieds sont propres, parfaitement propres, et que je fais partie des gens qui attrapent les maladies des autres, et pas le contraire.

Mais l'homme est buté, il ne veut rien savoir. Je commence à me sentir mal, mon maillot est extrêmement gainant, j'ai vraiment du mal à respirer. D'autant que j'ai toujours mon bonnet qui me serre et me compresse le crâne, et que mes lunettes sont complètement embuées.

Je ne vois plus rien, j'ai chaud, et je dois me justifier encore et encore face à ce butor. Je transpire à grosses gouttes, du coup j'ai peur pour mon allergie, j'ai envie de vomir, je respire de plus en plus mal. Je ne sais pas si c'est mon maillot ou cette situation ubuesque, mais j'ai l'impression d'étouffer, je ne contrôle plus rien, mon corps se dérobe, j'ai les bras qui tétanisent.

C'est lorsque je tombe lamentablement dans le pédiluve que l'homme esquisse un geste de soutien, mais le geste est trop lent et me voilà par terre, assise dans ma plus grande source de répulsion.

Je tremble et je pleure, et je me demande intérieurement si cet homme n'est pas maître-nageur pour le seul plaisir de se faire appeler maître.

QUINZE

Je sais bien que les amis virtuels ne sont pas de vrais amis. Mais quand même: 963 amis, c'est vertigineux.

Je sais bien que le nombre est moins important que la qualité des relations. Il n'empêche qu'elle, elle dont le nom m'est impossible à dire et à entendre, compte 963 amis quand moi-même je culmine à une centaine. Et encore, en incluant ma famille et ses ramifications.

Je sais bien que les réseaux sociaux ne disent rien de la réalité. Mais je ne peux m'empêcher de penser que pour avoir 963 amis, il faut être apprécié de tous.
C'est peut-être cela qu'il a aimé chez elle. D'être aimée de tous, d'être la personne convoitée, la personne au centre du groupe, celle qui est toujours de tous les anniversaires.

Il est certainement plus valorisant d'accompagner une telle personne que de faire partie de mon pitoyable réseau de 108 amis.
Cela fait quand même 855 amis de différence. 855 personnes dans son périmètre d'amitié. 855 personnes qui ne me connaissent pas, 855 personnes que je n'intéresse pas.

J'ai honte.

Je ne sais pas s'il a regardé mon profil avant de plonger dans ses bras. Mais s'il a comparé nos réseaux sociaux, je n'avais aucune chance.

Je fouine et je furète sur sa page. Je sais que je ne devrais pas, rapport à la boule que j'ai dans la gorge et qui devient aussi douloureuse qu'un début d'angine.
Elle fait un sans-faute. Ses amis sont bancables, ses photos sont stylées.
Et tout à coup une idée me saute à la gorge: et si elle avait elle aussi, regardé mon profil?
L'évidence ravive la douleur.
Bien sûr qu'elle s'en renseignée sur moi. Ne serait-ce que pour me jauger, pour voir qui elle affrontait, pour savoir si j'étais un adversaire de taille. Pourquoi ne l'aurait-elle pas fait?

Elle a dû bien rire quand elle a vu que j'atteignais difficilement la centaine d'amis. Si ça se trouve il a regardé avec elle, et ils ont ri ensemble en regardant mon profil: ta femme est ridicule, elle n'a pas d'amis, c'est normal que tu veuilles la quitter, même sur Facebook personne ne veut d'elle.

Elle a dû appuyer sur l'endroit qui fait mal. «Elle était mince ta femme, avant d'avoir des enfants?» Dire du mal tout en douceur. «Elle est bien conservée ta femme, pour son âge. Elle a quel âge, déjà?» Et minauder l'air de rien dans sa tenue de sport. Perfidie féminine.

Mais j'ai des ressources que tu ne connais pas, madame 963.

Mon mari te choisira peut-être, mais je ne serai pas la risée du web.

Ce que tu ne sais pas, c'est que j'ai une multitude de contacts qui n'ont pas de profil et qu'il suffirait que j'inscrive: ma mère, ma belle-mère, leurs amies, les maris de leurs amies.

Puis j'élargirai le cercle avec mon cadre professionnel. Mon mari t'a-t-il informée de ma reprise d'activité professionnelle? Mes enfants sont fiers de moi, et ils adorent leur nounou.

J'ajouterai mes collègues, les maris de mes collègues, les enfants de mes collègues, les copains des enfants de mes collègues.

Et si ça ne suffit pas, j'irai chercher les tiens, oui tes propres contacts, j'irai marcher sur tes plates-bandes sans aucune pitié.

Je dépasserai la barre des mille amis avant toi. Je m'en fais la promesse.

SEIZE

J'ai toujours une photo de ma meilleure amie dans mon portefeuille. Il parait que c'est ridicule à mon âge, alors je l'ai mise dans la pochette du fond, pour que personne ne la voie. Mais moi, je sais que j'ai toujours sur moi une photo de ma meilleure amie. C'est comme un talisman.

Avec elle, on se raconte tout, sans tabou. Bien sûr depuis qu'elle voyage sans cesse pour son travail, il nous est plus difficile de garder cette proximité.
J'ai d'ailleurs remarqué que lorsqu'elle parle, elle emploie de plus en plus de mots en anglais ou en espagnol. Il faut dire qu'elle est tellement habituée à parler d'autres langues, que maintenant des mots étrangers se glissent dans sa langue maternelle. Moi je fais semblant de ne pas relever, pour ne pas avoir l'air de celle qui ne comprend que le français. Pourtant en général, quand elle commence à me parler anglais ou espagnol, je décroche.

À part ce détail qui me chiffonne, je me réjouis toujours quand elle m'appelle... et je ne sais jamais à l'avance ce que je vais découvrir. Car la vie est pour elle une succession de rencontres, de découvertes.

Ma meilleure amie vit d'avion en avion, mais aussi de bras en bras. Et ses amours sont toujours multiples, improbables, multicolores. Elle me raconte TOUT. Même son intimité.

Parfois c'est croustillant. Parfois c'est romantique. Je ne suis jamais gênée, et j'aime bien qu'elle me raconte. Ce n'est pas le problème. Non.
Le problème c'est que je ne sais pas quoi lui dire pour ne pas passer pour une cruche. Comment ne pas révéler que ma vie sentimentale à moi est tellement... unique, prévisible et monotone.

Je ne déteste rien de plus que la question qui fait suite à ses diatribes racontant par le menu ses expériences nouvelles: «Et toi de ce côté-là, ça va?»
Parce que je ne sais que trop que ses nuits sont torrides quand les miennes sont rythmées par les réveils nocturnes de mes enfants.
Que ses désirs sont fougueux, flamboyants, ardents quand les miens sont assagis, standardisés, conventionnels.
Que ses histoires sont passionnelles, irrationnelles, charnelles quand, avec le temps, la mienne est devenue continue, attendue et lisse.
Que sa sexualité est débridée, aventureuse, exaltée, quand la mienne est fidèle, sage, chronométrée.

Jamais je ne lui dirais ce que devient la sexualité après plusieurs années avec le même homme, après des années de réveils nocturnes, après la fatigue des enfants.
Jamais je ne lui dirais que c'est inéluctable, que croire que l'on

sera une exception est illusoire. Que les priorités cheminent tranquillement jusqu'au jour où on les regarde en face, cet ultime jour où on ne les reconnait plus.

Pourtant, cette fois, alors que je suis assise à ma place, collée à la bâche du café des Rigollots, je décide de me défendre.
«Et toi, de ce côté-là, ça va?»
J'ai préparé mon coup. Alors je lui dis que tout va bien. Mais elle a l'air sceptique et me le fait savoir: «Après toutes ces années, tu veux me faire croire que vous avez une vie sexuelle épanouie?»
Je ne me démonte pas, et je lui réponds que la profondeur des sentiments donne un nouvel élan à la sexualité. Mais elle me réplique que ce n'est que de la rhétorique, et que les sentiments ne sont pas la sexualité.

J'insiste, je ne vais pas me dérober cette fois, et j'ajoute qu'avec le temps la connaissance de l'autre donne une assurance qui permet un total lâcher-prise. Et que personne ne me dise que ce n'est pas concret: on ne fait bien l'amour qu'en s'abandonnant.

À cet instant, pour toute réponse, elle a ri.
Un rire ignoble, un rire prétentieux. Un rire dévastateur. Ma propre meilleure amie.
Je suis vexée, je m'accroche à mon idée, et je lui dis habilement qu'avec les années, on n'a plus peur d'être jugé, et que cette confiance gagnée, c'est autant d'inhibition en moins. Qui dit désinhibée dit sexualité débridée.

Alors elle arrête de rire, mais je la sens dubitative. Elle me questionne, elle s'interroge, elle a peur pour moi... Elle veut des

positions, des fréquences, des détails et des chiffres concrets.
Je me débats comme un poisson accroché à son hameçon qui se tortille et saute en tous sens. Je sais bien que j'ai mordu à l'hameçon, mais je ne perds pas espoir de me décrocher.
Je prends l'air de celle qui a tout vu, un tantinet désabusée. Je lui avoue que mes relations sexuelles sont peut-être moins fréquentes qu'au tout début... et je porte l'estocade en ajoutant avec un sourire entendu: «Moins fréquentes, mais beaucoup plus stimulantes!»
Je crois que j'ai fait mouche. Elle se demande maintenant si je fais allusion à des choses qu'elle ne connait pas.

Elle ne dit plus rien. Elle a les yeux dans le vide. C'est le moment d'achever cette conversation. Je parle doucement, je prends un air réfléchi, teinté de nostalgie:
«Parfois, je me dis que notre couple vieillit, mais que les petites rides qui s'accumulent ne font que représenter tous les chemins que nous avons parcourus ensemble...»

J'ai lu ça sur internet, je l'ai appris par cœur, j'étais sûre que ça lui clouerait le bec.

DIX-SEPT

Je trouve ce genre de soirées tout à fait sympathique.
En arrivant sur les lieux, je croise ma nouvelle voisine, Julie-Lys, que je trouve particulièrement aimable et agréable. Le genre de fille souriante, passant d'une personne à une autre, à l'aise avec tous. Cela m'est insupportable à avouer, mais je comprends pourquoi mon mari avait les yeux rivés sur elle lors du repas précédent. Elle vient vers moi, elle se comporte comme si nous étions déjà amies. Pourtant ce n'est que la deuxième fois que nous nous voyons.

Je note tout de suite qu'elle n'est pas aussi maquillée que la dernière fois, d'ailleurs ce soir elle ne porte pas de rouge à lèvres. Ses lèvres ne sont pas habillées. Je pense à mon rouge à lèvres acheté 27 euros en train de sécher dans un tiroir.

Je remarque qu'elle a des hanches larges. Cela n'a pas l'air de la déranger. Elle affiche un sourire doux et serein.
Nous parlons de nos enfants respectifs, évidemment. C'est un sujet facile et sans risque. Combien, quels prénoms, quels âges, quelle école, quelles activités...
De fil en aiguille, la conversation dévie tranquillement sur la vie de famille, les conseils... et bien sûr, le travail.

Je ne veux pas forcément aborder le sujet ce soir, mais... discussion mondaine pour discussion mondaine... je lui dis que mes enfants sont fiers d'avoir une maman qui travaille. Mon discours est bien rodé maintenant. Je peux parler devant n'importe qui sans baisser la tête. Je sais quoi dire pour ne pas perdre la face. Je vérifie que mon mari est dans un périmètre assez proche pour m'entendre, et je lui dis que mes enfants sont fiers de moi. Par politesse, je lui retourne la question.

Julie-Lys me répond, avec un grand sourire, que ses enfants à elle sont fiers d'avoir une maman présente pour eux.
Je me dis qu'elle plaisante, qu'elle fait une pirouette pour ne pas se sentir écrasée devant ma suprématie... mais pas du tout.
Et pendant qu'un groupe se forme autour de nous, je l'entends, aimable et volubile, raconter comment elle organise ses mercredis...
«Entre les activités, les devoirs, les envies des uns et des autres... C'est la course!» dit-elle, affable.

Mais comment ose-t-elle! Elle n'est pas payée à la fin du mois que je sache, elle n'est pas en mesure de dire *C'est la course!*, elle n'a pas le droit de me prendre ma phrase...
Et pourtant si, la voilà sans vergogne, raconter encore et encore... Comme elle est heureuse de pouvoir garder ses enfants à la maison lorsqu'ils sont malades... Comme elle cherche l'épanouissement de chacun... Comme elle a l'impression de leur offrir ce que personne d'autre ne peut leur offrir.

Stupéfaite, je regarde autour de moi, cherchant un allié parmi les convives. Mais je ne trouve que des regards bienveillants,

dont celui de mon mari, hochant docilement la tête comme pour ponctuer toutes ses phrases.
Elle rit, elle montre des photos de ses enfants, elle raconte comme elle est nostalgique du temps qui n'est pas encore passé, elle dit que pour rien au monde elle ne voudrait être à une autre place!

C'est insensé: tous les convives ont l'air de s'intéresser à elle, mon mari lui demande même les prénoms de ses enfants, alors que je suis là, moi, avec une vraie vie professionnelle à raconter!
Mais non, la voilà qui s'évertue à raconter qu'elle apprend à cuisiner à ses fils, et comment la transmission entre les générations se fait par les petits gestes du quotidien.
À l'entendre, son rôle de parent est quasiment mystique. Elle pousse même le vice jusqu'à plaindre celles qui travaillent.

Elle a le culot d'inverser les rôles, et personne ne dit rien. C'en est trop.
Alors je la pousse dans ses retranchements, et je lui demande insidieusement si ce n'est pas trop difficile de ne jamais avoir de temps pour soi.
Julie-Lys se tourne vers moi et me répond qu'elle profite des temps d'école pour pratiquer ses activités personnelles. En fait, elle a une multitude de passions, parmi lesquelles l'escalade.

Parce que non seulement Madame a des activités personnelles, mais en plus Madame s'en vante? Comme si on pouvait s'enorgueillir d'avoir du temps pour soi!
Je reprends la parole, je parle un peu trop vite, j'ai les mains moites, mais je ne suis pas prête à perdre ce que j'ai durement

acquis, à savoir, la tête haute.
Je dis que pour MOI c'est la course, que je mène une course contre la montre tous les jours, que mes enfants adorent leur nounou, je penche la tête vers le plafond, je garde les yeux bien ouverts sans les cligner, je dis que j'ai un métier formidable.

Et tous les convives m'adressent un sourire, un regard compatissant au coin des yeux. Ils ont l'air émus, désolés pour moi. Mon mari quitte le groupe pour aller au buffet, tête basse.

Je ne comprends pas. C'est moi qui devrais être dans le rôle de la femme attendrie, désolée pour celle qui n'a rien à raconter. De quel droit inverse-t-elle la situation? Qui est-elle pour m'offrir son amitié comme on donne un sourire apitoyé à celui qui souffre?

«Mon travail est très intéressant, j'adore mes collègues... Et puis mes enfants aiment beaucoup leur nounou. Ils sont très fiers de leur maman.»
Je me suis trompée, je dois d'abord parler des enfants, et après de mon travail pour lancer les questions de mon auditoire. Tout le monde me regarde maintenant.

«Oui, j'ai un travail très intéressant. De toute façon je n'en pouvais plus de rester coincée toute la journée à la maison... Les enfants c'est bien, mais surtout quand ils dorment!»
J'ai tenté un peu d'humour, mais personne ne rit.

«C'est vrai... vous avez entièrement raison!» dit-elle en souriant.
Et la voilà qui m'explique qu'il ne faut pas s'oublier non plus,

qu'on ne peut pas donner sans arrêt, il faut aussi prendre le temps de se ressourcer...
«Personnellement je fais de l'escalade, et ça m'apporte beaucoup de sérénité. Vous devriez essayer...»

C'en est trop!
Je lui rétorque que côté sportif tout va bien pour moi, merci pour vos conseils, mais je suis justement particulièrement épanouie de ce côté-là: je pratique la natation.
Je m'entends lui parler, et je regrette aussitôt le ton agressif de ma réponse.

Mais enfin, je ne savais pas moi, qu'on pouvait assumer d'être mère au foyer!

DIX-HUIT

Après l'épisode de mon évanouissement dans le pédiluve, j'ai changé de piscine.
Je ne voulais pas retourner sur le lieu de ma honte, et surtout, je ne voulais pas recroiser le maître des lieux.

J'ai changé de piscine, et grand bien m'en a pris, car dans la piscine que je fréquente maintenant, le port du bonnet n'est pas obligatoire.
Par ailleurs, en ce qui concerne le délicat passage du pédiluve, j'ai eu la grande joie de trouver une solution à tous mes problèmes. Cette solution tient en un objet aussi pratique qu'hermétique: la chaussette en latex.
Comme son nom l'indique, il s'agit d'une chaussette. Elle est extensible et antidérapante. On la chausse dans les vestiaires, avec la possibilité de la garder sur soi dans tous les espaces de la piscine.

Ces chaussettes sont certes un peu difficiles à enfiler, car leur forme a été pensée pour limiter les entrées d'eau par la zone des chevilles en étant légèrement resserrée, mais cela lui confère une étanchéité à toute épreuve: les pieds sont parfaitement protégés!

Ainsi il n'y a plus d'entrave à mon avenir sportif, et ce pour une somme tout à fait dérisoire.

J'ai également profité d'une promotion très intéressante pour faire l'acquisition d'un peignoir. Certes c'est un objet tout à fait ordinaire et il ne s'agit pas d'un investissement très important financièrement parlant, mais je crois que ce peignoir pourra m'aider dans mon accomplissement sportif dans la mesure où il pourra cacher totalement mon corps jusqu'au moment ultime de mon entrée dans l'eau. Il suffit pour cela de me dévêtir le plus tardivement possible.
Or, lors de mon précédent repérage pour étudier précisément cette question, j'ai localisé un petit endroit qui reste au sec, sur le rebord gauche de la piscine, juste à côté de l'échelle. Je pourrais ainsi simultanément jeter mon peignoir et me jeter à l'eau, ce qui laisserait mon corps moins d'une seconde à la vue de tous.

C'est donc en toute confiance que je me rends à ma première séance de natation. Comme prévu je chausse mes chaussettes en latex, j'enfile mon maillot gainant et mon peignoir. Je marche allègrement, sans même regarder le sol. Je me sens déjà plus tonique. Comme si mon corps avait compris ce qui l'attendait.

J'entre dans l'eau tout en jetant simultanément mon peignoir sur la margelle prévue à cet effet, tout va bien.
Pour ma première séance, il me semble que nager 25 longueurs serait tout à fait convenable. Vingt-cinq longueurs. Je vais morceler mon effort et m'autoriser une petite pause toutes les cinq longueurs. Soit cinq étapes de cinq longueurs.
C'est un objectif à la fois atteignable, sans être complètement

ridicule. Parfait pour débuter.

Tout en nageant, je commence à compter les longueurs. La piscine mesure 25 mètres. Vingt-cinq mètres, ça laisse le temps de s'ennuyer.

J'entame ma deuxième longueur. Je me concentre sur mon souffle. J'espère aujourd'hui ressentir le plaisir du sportif...

J'entame ma troisième longueur. Je ne ressens rien, si ce n'est de l'ennui. Pour passer le temps, je compte les calories perdues. En tenant compte de mon poids et de ma taille, pour une distance de 1000 mètres, la dépense moyenne sera de 221 à 364 calories selon la nage choisie.

J'entame ma quatrième longueur. J'ai lu sur internet que le crawl fait dépenser moins de calories que la brasse. Je me demande alors pourquoi certaines personnes pratiquent encore le crawl.

Sachant que le bassin mesure 25 mètres de long, chaque longueur effectuée m'aura fait dépenser 9,1 calories.
Encouragée par ces calculs, je finis ma cinquième longueur. Je m'arrête et me retourne pour contempler ce que je viens de parcourir. Je me représente ce que je viens de dépenser, à savoir 45 calories.
Je réalise alors qu'un carré de chocolat vaut 56 calories. Je reste dubitative...

J'entame pourtant ma deuxième série sans me décourager. J'ai dû faire une erreur dans mes calculs.

Peut-être faut-il calculer autrement. Sachant que 1 gramme de graisse est équivalent à 9 calories, pour perdre 1 kg de gras il faut brûler 9000 calories.
Si je compte bien, 9000 calories sont l'équivalent de 1000 longueurs.
Il faut donc parcourir 1000 longueurs de piscine pour perdre un kilo de gras.

Je crois que mes calculs ont eu l'effet inverse de celui escompté. Le découragement est total. Je m'accroche à l'idée du plaisir sportif. Peut-être vais-je enfin le ressentir?
Mais soudain un coup de sifflet m'arrête en plein élan. Une voix transmise par haut-parleur nous annonce une évacuation immédiate. Je m'arrête et fais demi-tour pour me rapprocher de mon échelle, et surtout de mon peignoir déposé à proximité de ma sortie de l'eau. Mais une personne fait de grands gestes: tous les nageurs doivent sortir du côté opposé. Visiblement un petit enfant aurait déféqué dans l'eau: la piscine doit être évacuée pour être traitée.

Tous les nageurs vont dans la direction indiquée, tous sauf moi bien sûr. Je continue à nager à contre-courant. Je panique. Sortir de l'autre côté signifie traverser toute la piscine sans mon peignoir, avec mon corps sous les regards et les jugements. Ce n'est pas ce qui était prévu. Ce qui était prévu, c'est mon peignoir juste à-côté de l'échelle. Je nage le plus vite possible pour accéder à l'échelle avant qu'il ne soit trop tard.

Mais il est trop tard. Une femme m'interpelle: «Excusez-moi madame, la sortie doit s'effectuer de l'autre côté du bassin.» Elle me parle comme si je n'avais pas compris. Mais j'ai bien compris au contraire... bien compris que ma stratégie, étudiée minutieusement et qui m'a permis de rentrer dans l'eau de façon sereine a été un attrape-nigaud.

Comment ai-je pu entrer en toute confiance, comment suis-je entrée de mon plein gré dans ce piège?
Comment ai-je pu croire qu'on me laisserait tranquille, pour profiter comme tout le monde d'un peu de légèreté?
Comment ai-je pu croire qu'il suffisait d'un peu d'organisation et de motivation pour voir mon avenir sportif prendre vie?

Je fais semblant de ne pas entendre, je continue coûte que coûte à me diriger vers mon point de repli, à savoir mon peignoir. Mais la femme insiste avec plus de fermeté maintenant.
Je devrais lui dire que j'ai bien compris, et que je préfère mille fois passer par le lieu de déjection et atteindre mon peignoir, je devrais lui dire ma douleur et ma honte depuis que je me suis vue dans le miroir, lui dire que je n'ai pas su le retenir, lui dire qu'elle est prof de sport, lui dire le supplice de mon corps sous les yeux de tous. Mais je suis aphone, les mots ne sortent pas, comme un enfant entre deux sanglots.

Je me sens piégée comme un rat. Je fais demi-tour, et je sors, triste de n'être que moi et furieuse d'avoir cru à mon bonheur.

Mon corps quitte l'eau et sa sensation de légèreté. Il est lourd, tellement lourd tout à coup. Je garde les yeux au sol, je rentre le ventre, heureusement que j'ai gardé mes chaussettes en latex, je rentre le ventre encore un peu, je ne respire plus, je fais de petits pas sautillants, j'ai déjà fait la moitié du chemin, mais je n'ai plus d'air.

Je ne relève pas la tête pour voir si on me regarde. Je m'arrête, je fais semblant de tousser, en réalité je reprends ma respiration, j'inspire une bonne bolée d'oxygène puis je repars en apnée, ventre rentré. J'arrive à mon peignoir, je l'enfile. Je respire à nouveau.

J'ai fait 8 longueurs, soit 72 calories.
À peine plus qu'un carré de chocolat.

DIX-NEUF

Il ne faut pas bouder son plaisir quand tout va bien. Oui, trois fois oui, je suis contente de moi.
Car j'ai vaincu haut la main, dépassant avec facilité la barre des 1000 contacts que je m'étais fixée.
Il n'a été nul besoin d'inscrire ma mère, ma belle-mère, leurs maris et leurs amis. Ni même mes collègues, leurs enfants et les amis de leurs enfants.
En quelques clics à peine je suis passée de 108 à 1608 contacts, et pour la modique somme de 118 euros.

Naturellement, j'ai hésité avant de sauter le pas et d'acheter des amis. Je craignais le côté artificiel. Car il est une chose encore plus honteuse que de ne pas avoir d'amis: être soupçonné d'en acheter.

Mais j'ai trouvé un site très sérieux, qui propose d'augmenter sa popularité rapidement tout en s'appuyant sur de vrais internautes. Les amis ainsi achetés proviennent de comptes réels. Je ne saurais que trop conseiller cette prestation de qualité, ainsi que son service réel et humain.

Naturellement, j'aurais pu acheter seulement 1000 amis pour

79 euros, cela aurait été suffisant. Mais pour la différence de prix, à savoir 39 euros, je me suis offert une victoire écrasante et jubilatoire.

Seule, devant mon écran, je me plais à imaginer la tête de madame 963. Anéantie. Ridiculisée. Déconfite. Écrasée.
Voici une affaire rondement menée.

VINGT

Rien n'est pareil entre nous depuis l'épisode du fauteuil.
Rien n'est pareil, et pourtant rien n'a changé. Tout est comme avant, chaque chose est à sa place. Chacun est dans son rôle, jouant sa partition avec régularité. Mais ce n'est plus pareil.

Malgré la douleur liée à la révélation, je lui ai demandé de ne pas partir. Alors il est resté.
Je crois qu'il réfléchit. Il a besoin de temps. Pour ma part j'aime mieux qu'il prenne son temps ici, avec moi. Je garde espoir d'influencer sa décision en ma faveur.

Je lui ai demandé de ne pas partir, alors il est resté. Mais parfois, c'est comme s'il n'était plus là.
Matin et soir, il erre silencieusement, sourit aux enfants d'un air grave, sourcils froncés. Il erre, il sourit et finit toujours par s'asseoir dans le fauteuil, les yeux dans le vide.
Alors je marche à pas feutrés pour le laisser réfléchir. D'abord pour me montrer sous mon meilleur jour, celui de la femme blessée, mais digne, mais aussi parce qu'à ce moment très précis, j'ai des sortes de frissons, des sueurs froides.

Ce phénomène m'étonne tout autant qu'il m'inquiète: à chaque

fois qu'il s'assoit dans le fauteuil rouge, après les premiers frissons, je ressens comme des crampes et des douleurs aux intestins.
En général, je vais aux toilettes en courant, et je dois admettre que tout rentre dans l'ordre juste après.

Ainsi comme une routine bien huilée, tous les soirs se ressemblent: errements, sourire de politesse, fauteuil, crampes, douleurs, toilettes.

Bien sûr j'ai honte, et j'ai peur que cela ne lui donne une image négative de moi.
Moi qui voudrais lui apparaître comme un ange, une créature parfaite sans productions corporelles, sans odeur et sans anus.
Me voilà réduite à courir me vider chaque fois qu'il s'assoit dans le fauteuil, sans comprendre pourquoi.

VINGT ET UN

Travailler en équipe est motivant et stimulant pour tous.
C'est d'ailleurs une chose que j'apprécie particulièrement dans mon nouveau travail: ici, tout le monde a un binôme. Ainsi, personne n'est jamais seul.
Attention, binôme ne signifie pas *Ami*. D'ailleurs dans mon entreprise, personne ne choisit son binôme: il nous est imposé par la direction.

La binôme avec qui je travaille actuellement est tout à fait correcte. Il n'y a rien à dire. Elle est gentille, elle est sociable, elle travaille bien, elle discute facilement à la machine à café.
C'est quelqu'un de très prévoyant. Ce n'est pas le genre de personne à oublier son paquet de mouchoirs en plein hiver. Ou son vaporisateur en plein été. Et je ne compte plus les fois où je l'ai vue dépanner une collègue d'un chargeur de téléphone, d'un peu de monnaie, ou d'une serviette hygiénique...

C'est très pratique de travailler avec elle. D'autant que je retrouve son côté prévoyant jusque dans son travail. Elle n'est jamais en retard, et tout est rendu scrupuleusement dans les temps. Je crois qu'ensemble, nous formons une bonne équipe.

Physiquement elle est très correcte également. Sans être une beauté à couper le souffle comme ma meilleure amie, elle est très équilibrée, très harmonieuse. D'ailleurs tout lui va. Elle n'est pas ridicule quand elle met des talons, elle n'est pas ridicule non plus quand elle met des baskets. Pour autant, elle n'est pas une beauté écrasante, plutôt le genre de fille à qui on voudrait ressembler. Je l'aime bien.

Comme nous travaillons ensemble, nous avons les mêmes horaires. Alors la plupart du temps, nous mangeons ensemble le midi. Ce n'est pas très étonnant, tous les binômes ont tendance à manger ensemble.

Un jour, par hasard, nous avions pris exactement la même chose à manger. Je m'en souviens très bien. Un panini jambon-tomate-mozzarella, un fromage blanc aux fruits rouges, et un thé glacé.
C'est à ce moment-là que j'ai eu l'idée. Puisque tout parait simple pour elle, pourquoi pas pour moi?

En mangeant comme elle à chaque repas, je pourrais moi aussi, avoir cette relation simple à la nourriture. Elle serait mon étalon pour savoir quoi manger, combien, à quel rythme... ainsi je n'aurai plus qu'à suivre son modèle. Fini le décompte des calories, à moi la liberté!

Évidemment, elle ne doit rien savoir. Cela me rabaisserait dans son estime. Car devant elle j'ai toujours joué à la femme sans complexe. Et pour le moment ça fonctionne plutôt bien.

C'est pour cela que dès la première semaine, j'ai mis au point

un stratagème pour brouiller les pistes: le lundi, je prends le même plat principal qu'elle, mais pas le même dessert.
Le mardi, je prends le même plat principal, et le dessert qu'elle a choisi la veille.
Le mercredi je prends le même dessert qu'elle, et son plat de la veille.
Et ainsi de suite.
Ainsi sur toute la semaine, j'aurais mangé exactement les mêmes choses, mais dans un ordre différent. Ni vu ni connu.

Évidemment, c'est plus compliqué pour les repas du soir. Je dois régulièrement lui demander ce qu'elle a prévu de manger. Alors pour noyer le poisson, souvent je pose la question à une autre collègue – que je n'imite surtout pas, attention, car cette autre collègue est obèse. Mais la conversation dévie de l'une à l'autre, et après un peu de temps, je finis toujours par savoir son menu.

La limite de ma nouvelle technique, c'est que ma binôme mange peu. Ce n'est pas que je n'aime pas le menu salade-poisson, mais si je ne mange pas de féculents, je suis sûre d'avoir faim dans l'après-midi. Alors je pousse la corbeille de pain vers elle, pour qu'elle prenne un petit bout sans y penser. Mais non, elle n'y pense pas. J'ai remarqué qu'elle n'est pas le genre de personne qui mange machinalement. Alors parfois je suis plus offensive: «Tu ne veux pas un peu de pain?» Mais la plupart du temps elle résiste.

Je sais qu'elle ne va pas manger du pain pour me faire plaisir. Et que je ne dois pas lui en vouloir si elle n'a pas faim... mais enfin elle est agaçante quand même. Ça ne lui changerait pas grand-chose de manger un peu de pain, et pour moi ce serait quand même plus confortable.

Quand je suis trop contrariée, je lui fais sentir. Mais elle n'a pas l'air de comprendre. Elle pousse même le vice jusqu'à me demander gentiment «Qu'est-ce qu'il y a ma belle, tu es contrariée?»
Je ne réponds pas. Que pourrais-je faire d'autre?
Comment dire à quelqu'un «Oui, je suis contrariée, parce que tu me contraries: j'ai faim à cause de toi. Tu ne pourrais pas manger un pauvre morceau de pain juste une fois?»
Non, bien sûr que je ne peux pas dire cela. Alors en général, je reste silencieuse.

Sauf l'autre jour.
L'autre jour elle voulait prendre une salade au roquefort. Alors là, j'étais furieuse.
Il n'y a pas beaucoup d'aliments que je n'aime pas. Vraiment, je pense être quelqu'un de souple de ce côté-là, et on peut dire de moi que je suis gourmande. Mais les fromages qui contiennent de la pourriture, non merci, très peu pour moi. Et l'on a beau m'expliquer que cette moisissure est parfaitement comestible, vraiment, c'est au-dessus de mes forces. Mon esprit le sait, mais mon corps le refuse.

Je l'ai donc guidée de façon assez fine, en proposant subrepticement: «Tu ne voudrais pas goûter la salade de crevettes? Regarde comme elle a l'air bonne...» tout en dirigeant mon regard vers l'assiette de la table voisine.
Mais voilà ma binôme qui s'entête et s'enlise sur sa salade au roquefort. Je refuse de penser que je mangerai cet aliment le

lendemain: il en est hors de question.

Le serveur arrive. C'est bien la première fois qu'il est aussi rapide pour prendre nos commandes, le bougre. On dirait que tout le monde s'est donné le mot. Je suis obligée d'être plus directe. Il y a urgence, je n'ai plus le temps de digresser.
«Je ne sais pas comment tu peux prendre de tels risques... Moi, depuis le scandale de la bactérie E.coli, je n'ai plus confiance. Trente-huit décès rien qu'en Europe, quand même. Non, non, non. Pour moi le roquefort, c'est fini. C'est dommage... j'adorais ça.»

Je ne sais pas comment cela est possible, mais elle n'avait visiblement jamais entendu parler du scandale de la bactérie tueuse.
Elle a pris la salade aux crevettes.

VINGT-DEUX

Il y a bien longtemps, ma sage-femme m'a appris à me palper les seins.
Car il est conseillé de se palper les seins dès l'âge de vingt ans, une fois par mois, afin de détecter toute anomalie le plus tôt possible.

«Commencez par une inspection devant la glace. Debout, bras en l'air, puis collés au corps. Regardez s'il n'y a pas de rétractation du mamelon ni d'irrégularité cutanée».
Devant mon miroir, je me regarde. Moi. Sans triche. Sans fard. Ce corps pas vraiment flasque, mais pas assez tonique à mon goût. Ce corps qui n'a pas su retenir mon homme, qui n'a pas su le garder.

Les bras en l'air, les bras en bas. Je ne détecte rien si ce n'est un corps qui m'obéit au doigt et à l'œil. Je réitère l'exploit, histoire de vérifier que mon corps, s'il ne réagit pas aux régimes que je lui impose, n'en est pas moins obéissant lorsqu'il s'agit de gestes du quotidien.

Les bras en l'air, les bras en bas. Miracle. Je constate avec joie que je suis encore le maître absolu de moi-même.

«Massez le sein droit avec trois doigts de la main gauche bien à plat, de l'extérieur vers l'intérieur, puis de haut en bas, en dessinant des petits cercles, à la recherche d'une boule inhabituelle».
Cet exercice est très désagréable.
Il me rappelle que je n'ai jamais aimé ma poitrine, depuis le jour de son apparition, où elle est devenue objet de regards et de convoitise à un âge inapproprié.
En 6e B, les garçons tenaient à jour une liste des filles de la classe qui portaient un soutien-gorge.
Il parait qu'il fallait s'enorgueillir de ces excroissances lourdes et inutiles. Il parait.

Quelques décennies plus tard, ces vaines protubérances m'infligent de les regarder, de les analyser, de les examiner comme de potentiels dangers.
J'ai l'impression d'être mon propre bourreau, à la recherche de ce qui pourrait m'être fatal.
Et je tourne et appuie et enfonce mes doigts profondément.
Heureusement, rien ne me signale une quelconque anomalie.

«Terminer la palpation par la zone située entre le sein et l'aisselle».
J'entame la dernière opération, ravie de mettre fin à ce calvaire mensuel. Et c'est là que je la sens. Moi qui craignais de ne pas la reconnaître... la voilà, ronde, parfaitement sphérique, dure comme une bille. La boule redoutée.
J'appuie dessus, autour, je la contourne, je la fais rouler sous mes doigts. Elle est toujours là, insolente.

J'ai toujours pressenti que ma poitrine se vengerait du désamour que je lui portais. Et que, tôt ou tard, elle me forcerait à lui prêter attention, comme un enfant délaissé par sa mère la voudrait toute à lui.

Par la fenêtre de la salle de bain, je sens la chaleur du doux soleil printanier. C'est un jour comme un autre pour des millions de gens, et moi, je vois ma vie basculer, une minuscule bille roulant sous mes doigts.

VINGT-TROIS

Mon cancer n'est pas douloureux. Je ne sais pas si je dois m'en réjouir ou non, car une vive douleur aurait pu me pousser à consulter plus rapidement. Or, agir le plus tôt possible permet d'augmenter significativement les chances de guérir.

Je n'ai rien dit à mon mari, que j'ai regardé dormir toute la nuit. L'épreuve d'un cancer pourrait-elle changer la situation? Pourrait-il m'abandonner alors que le pire m'attend? Je me plais à imaginer que sa tendresse reviendra à mesure que je perdrai mes cheveux.
Je crois que je pourrais tout endurer pour le garder encore un peu et retrouver ma vie d'avant.

Ma sage-femme m'a envoyée faire une échographie le plus rapidement possible. Et je me sens emportée dans un tourbillon, mon corps devenant un champ de bataille: médecins contre maladie.
Mon premier pas dans le milieu médical est une échographie.
Une échographie mammaire, cela signifie rester les seins à l'air, dans une inconfortable position semi-allongée, la poitrine affaissée, flasque, dévalorisée.
J'ai toujours pensé que la nudité sans la sensualité flirtait avec

le ridicule. Heureusement, le domaine médical échappe à cette règle.

Statistiquement, pour mon échographie, j'avais une chance sur deux de tomber sur un homme.
Quand il met le gel sur mon sein, je me demande s'il faisait, lui aussi, une liste des filles portant un soutien-gorge en 6e B.
Il ne me regarde pas, je suis un morceau de chair comme il en voit toute la journée, et cela me convient parfaitement. Il est concentré, il fixe son écran. Il fait passer et repasser sa sonde au même endroit.

Je le regarde, mon cœur est comme suspendu. Je retiens mes larmes et j'attends les mots qui traceront ma destinée.
«C'est sous-cutané.»

Bien sûr que c'est sous-cutané, puisque c'est sous ma peau. Techniquement, un cancer est forcément sous-cutané.
«Ce n'est rien ça, c'est sous-cutané. Je vous conseille de ne pas vous raser ni de vous épiler pendant quelque temps.»

Je n'ai pas compris en quoi ce n'était rien, mais sa façon hautaine de ne pas me l'expliquer me rend le personnage hautement antipathique. Déjà que je n'aimais pas les maîtres-nageurs, maintenant je n'aime pas les échographistes. Ils sont froids et méprisants.
Il aurait pu m'annoncer joyeusement la bonne nouvelle, avec un «C'est parfait, vous n'avez rien!» Mais non, il a choisi de me ridiculiser avec un dédaigneux: «Ce n'est rien, ça».

J'ai l'impression de lui avoir fait perdre son temps. Le genre

d'échographiste qui ne travaille que pour les bons gros cancers et méprise tous les diagnostics négatifs.
Du coup je ne sais plus si je pleure de soulagement, ou de honte de n'avoir rien.

Vraiment, je préfère ma sage-femme. D'ailleurs, à la lecture des résultats, elle prend bien le temps de m'expliquer.
«Étant donné que vous vous êtes dépisté trois cancers en trois mois, je crois qu'il est préférable de ne plus pratiquer l'autopalpation. Je vous palperai lors de votre rendez-vous annuel, et ce sera suffisant».

Sur le trottoir en rentrant chez moi, je baisse la tête. J'ai honte de n'avoir rien. Je suis tout à fait consciente du ridicule de la situation. Je suis risible et pathétique.
Pire encore, je n'ai rien et je n'arrive pas à m'en réjouir. Une seule pensée m'obsède: je n'ai même pas été capable d'avoir un cancer pour le retenir.

Il va vraiment me quitter. Il va me quitter et ce sera ma faute.

VINGT-QUATRE

J'ai appris que la situation qui m'étonnait et m'inquiétait récemment au sujet de mes intestins n'a en réalité rien d'étrange: il s'agit d'une réaction tout à fait normale liée à un état de stress post-traumatique. J'ai d'ailleurs lu un article très intéressant à ce sujet.
La mémoire traumatique s'apparente à une bombe prête à se déclencher à tout moment, nécessitant une hypervigilance et une mise en place de stratégies de contrôles.

Le voir s'asseoir dans le fauteuil me rappelle notre discussion. Une impression de danger imminent me prend alors, et mon corps, en réaction à une peur panique, met en place une solution d'évitement.
La douleur physique qui m'étreint et me contraint à aller aux toilettes est tout simplement une réaction à une forme d'anxiété.

Maintenant rassurée, je deviens plus combative: le soir, je viens maintenant m'asseoir près de lui.
Il est assis dans le fauteuil, regarde face à lui, les yeux dans le vide. Quelquefois il tourne la tête et me regarde en souriant tristement.

Moi je m'assois à ses côtés, sans mot dire. Mais comme il ne dit rien non plus, je suis rapidement mal à l'aise: je n'ai jamais aimé le silence.

Je ne connais rien de plus pesant que le silence.
Dans le silence, on ne sait jamais quelle ambiance règne, et l'on pourrait facilement croire que l'atmosphère est tendue, même s'il n'en est rien.

Alors dans cette ambiance insaisissable et angoissante, je me mets à parler pour meubler.
Pour meubler, mais surtout pour le mettre à l'aise. Pour qu'il ne soit pas gêné lui aussi par un silence prolongé.
Pour qu'il n'ait pas envie de partir, tout simplement.

Je parle de tout et de rien, je parle pour deux, je trouve toujours un petit quelque chose à dire. Et quand je n'ai plus d'inspiration, je commente ce que je suis en train de faire.
C'est une astuce que j'ai trouvée: par exemple si je suis en train d'éplucher des oignons, je peux parler du prix que je les ai payés, du fait qu'ils sont très piquants, ou bien trop gros ou trop petits, ou de mon couteau qu'il faudrait aiguiser, du hachoir à légumes que j'ai vu en magasin, que sais-je, tout est prétexte à commentaire.
En cherchant bien, on trouve toujours quelque chose à dire.
Ainsi je lui permets de rester muet sans vivre un silence pesant.

Mais attention je me méfie, car je sais bien qu'un seul mot de trop peut jouer en ma défaveur: c'est ainsi que je n'aborde jamais un sujet de la quelconque importance.
Non, je veux lui laisser le loisir de réfléchir comme il me

l’a demandé, et je ne meuble le silence qu’avec des choses insignifiantes.
Comme ce que je dis n’a pas d’importance, mes paroles sont comme silencieuses.
Je participe à un bruit de fond qui détend l’atmosphère, un bruit blanc, tout en lui permettant d’accéder au silence qu’il recherche.

VINGT-CINQ

J'ai arrêté la natation. Non pas que je mette un terme à mon avenir sportif, mais je pense que la natation n'est pas le sport le plus approprié pour moi. La contrainte de mon corps est trop importante, et la souffrance que m'inflige mon image m'est trop pénible.

Je pense me mettre au vélo. J'ai lu dans un magazine que c'est un sport qui combine les avantages à la fois de la natation et du jogging.
Comme le jogging, il permet de décompresser et c'est une excellente activité cardio-vasculaire. Par ailleurs on dit aussi qu'il est idéal pour ceux qui veulent perdre du poids, ce qui n'est pas négligeable.
Et, tout comme la natation, il réduit les traumatismes et donc les sensations de courbatures le lendemain.

Mon choix est fait, je pense que le vélo est une activité qui pourrait parfaitement me convenir si je garde un rythme suffisamment calme pour ne pas transpirer.
L'avantage de la pratique du vélo, c'est que je vais pouvoir amortir le poncho que j'ai acheté par erreur, et qui est pour ainsi dire comme neuf puisque je ne l'ai porté qu'une fois.

Lors de ma première sortie, mon enthousiasme n'a d'égale que ma détermination. Je reprends mes habitudes: je longe la rue des Beaumonts, à mon passage le rideau de la maison numéro 26 s'anime, puis j'arrive dans mon bois.

Je suis ravie de mon choix. Sur mon vélo, je ressens des sensations grisantes: la vitesse, le vent dans le visage... tout cela me donne une impression de liberté. Je n'aurais jamais cru dire cela un jour, mais il faut bien l'admettre: un sentiment de légèreté m'envahit. Surtout dans les descentes, bien entendu.
J'aime bien les descentes. Et les plats aussi, à la limite.
Le temps est idéal: ni trop chaud ni trop frais. Je commence à prendre de l'assurance et je crois pouvoir dire non sans fierté que ma vitesse n'est pas ridicule.

Devant moi sur le chemin, des badauds se promènent. Je commence à ralentir pour les éviter, mais à ma grande stupéfaction, dès qu'ils entendent le bruit de mon vélo approcher dans leurs dos, ils se décalent vers le côté pour me laisser passer.
Alors ça, je ne m'y attendais pas. Jamais je n'aurais cru un jour être de celles pour qui on se pousse.
Je jubile.

Je m'approche d'un nouveau groupe, les mains inutilement sur les freins, puisque le miracle se reproduit à nouveau. Je suis à peine à cinq mètres d'eux, et je les vois se resserrer, se décaler, s'excuser presque de me freiner dans mon élan! Pas un qui ne traîne au milieu du chemin.
Magie des crissements de freins.

Et me voilà, passant d'un groupe à l'autre, ravie de constater l'effet produit par le bruit de mes roues.
Au début tout du moins.
Car il faut savoir que lorsqu'un badaud se décale sur le bord du chemin en entendant des roues qui s'approchent, il s'attend à se faire dépasser rapidement par un vélo cycliste fin et véloce. Il serait déçu de voir un vélo aller à peine plus vite que lui, rester à sa hauteur, peiner à le doubler, l'obligeant ainsi à cohabiter sur le chemin. Que penserait-on de ce cycliste qui n'irait pas plus vite qu'un piéton?

Pas de pitié pour le balourd et honte à celui qui n'honorerait pas la réputation du bruit qui le précède. Le vélo cycliste se doit d'aller vite ou bien il devra supporter les regards moqueurs, les coups d'œil en biais et les coups de coude discrets.
Pour ne pas me retrouver dans cette situation ridicule, j'accélère autant que possible chaque fois qu'un groupe de piétons me laisse ostensiblement passer.

Mais les groupes s'enchainent, et je sens mon cœur battre bien plus vite que je n'avais prévu. Je décide de dépasser un dernier groupe et de ralentir dès que possible.
Mais voilà qu'après le groupe de badauds se trouve un groupe de marcheurs nordiques, qui avance aussi vite que leur démarche est ridicule.

Moi qui pensais ralentir un peu pour retrouver mon souffle, me voici contrainte à accélérer encore plus que pour le groupe précédent. Au diable la santé, je ferai un infarctus s'il le faut: je ne veux pas être ridicule.

Je veux ralentir, mon cœur me dit de stopper, mais un vieil homme promenant son chien tire tout à coup sur la laisse pour tenir la bête sur le bas-côté. Par politesse, j'accélère.

Puis c'est une femme qui pousse le landau dans lequel son enfant me regarde fixement passer. Elle s'excuse en faisant un petit bond latéral. «Oh pardon», mais pourquoi s'excuse-t-elle, alors qu'elle m'impose elle aussi de tenir cette cadence, ce rythme insoutenable.

Je voudrais m'arrêter. Arrêtez de vous excuser, que quelqu'un reste en plein milieu et m'oblige à freiner, je vous en prie.

Mais non, personne ne me permet de ralentir, et je vois avec effarement des promeneurs du dimanche, des sportifs, des propriétaires de chiens, des joggers, et autres flâneurs de tous poils se succéder, dans un flot ininterrompu, comme un couloir de la mort qui me mènerait directement vers l'arrêt cardiaque. Pourquoi tous ces gens ont-ils décidé de marcher aujourd'hui?

Je sens mon cœur accélérer et battre beaucoup trop vite. Je sais très bien ce qui se passe quand la pompe cardiaque n'a plus le temps de se remplir de sang: la pompe n'éjecte plus rien, il n'y a plus de débit, plus de sang oxygéné qui arrive au cerveau, et la personne décède.
C'est ce qu'on appelle la mort subite du sportif.
Je jure que je ralentis au prochain virage.

Mais j'aperçois là, juste devant moi, jogging gris clair, tête haute, musique aux oreilles, cheveux châtains et longs jusqu'à la taille: c'est la fille à la queue de cheval, celle qui me narguait il y a peu en me doublant plusieurs fois sur mon parcours lorsque je pratiquais le jogging. La sportive, la légère, celle que je ne suis pas.

J'attends ce moment depuis tellement longtemps. Ce n'est pas le moment de ralentir.
Je ne suis peut-être pas une championne cycliste, mais je vais suffisamment vite pour me faire le plaisir de la doubler.
J'accélère malgré l'ombre planante de la mort subite.
Je repense à ma vexation à chaque fois qu'elle me doublait, j'ai envie de l'insulter, mon cœur va éclater, mais je sens toute ma rage insuffler une force inconnue dans mes mollets, je pédale comme une folle, j'arrive à sa hauteur et là je la double à une vitesse ahurissante, c'est un véritable camouflet! L'affront est total.

Alors je m'arrête, en faisant un dérapage juste devant elle, pour être sûre qu'elle m'ait reconnue.
Je me retourne, je la regarde droit dans les yeux. Elle me regarde en souriant, et enlève négligemment une oreillette.
«J'ai cru que vous alliez tomber. Ça va, tout va bien?»

Elle veut me faire croire qu'elle ne me reconnait pas. Mais je vois le genre de personne à qui j'ai affaire: le genre qui choisit le déni.
Je suis pliée en deux sur mon guidon, je relève un œil vers elle et je fais un signe de la main pour dire que tout va bien.
Elle remet son oreillette et repart en courant. Sa queue de cheval se balance dans un mépris cadencé.

Le temps que je reprenne ma respiration et que je puisse enfin parler, elle est déjà partie.
J'avais pourtant prévu une répartie piquante et humiliante.
C'est dommage.

VINGT-SIX

Je ne pense rien apprendre de nouveau en me rendant à cette réunion d'information. Mais je n'ai pas le choix, cette session nous est imposée par la direction.

L'usage d'internet et de ses risques me parait être un sujet convenu, et mon seul désir est de vérifier que je n'ai rien à y apprendre.
Et pourtant, je dois bien l'avouer, je suis surprise dès le début par le ton de l'intervenant, qui présente son sujet de façon passionnée. Cette conférence ne sera peut-être pas si inintéressante.
Finalement, je suis contente d'être venue.

Même si bien sûr... j'aurais préféré m'asseoir au fond. Mais quand je suis arrivée, il n'y avait plus de place au fond. Premiers arrivés, premiers servis. Je n'en veux à personne, j'aurais fait pareil. Je n'aurais pas laissé des places disponibles par politesse pour les retardataires. Je n'aurais pas poussé l'abnégation jusqu'à m'installer devant s'il était resté une place disponible. Bien sûr que non, je me serais assise au fond. Seulement voilà, il n'y avait plus de place au fond quand je suis arrivée. Juste une place au premier rang. Les gens de la compta se sont levés

pour me laisser passer, une véritable haie d'honneur, une haie d'honneur que je ne peux pas refuser pour une place que je ne voulais pas.
Enfin tant pis, me voilà devant.

L'intervenant est très sympathique. Il est enjoué, il prend des exemples concrets, raconte des anecdotes, fait intervenir son auditoire.
«Un ou une pop-up, parfois appelée fenêtre intrusel ou fenêtre surgissante, est une fenêtre secondaire qui s'affiche, sans avoir été sollicitée par l'utilisateur, devant la fenêtre de navigation principale lorsqu'on navigue sur internet.»

Voilà, j'en étais sûre. Exactement ce que je craignais. Toute l'assemblée est maintenant occupée à prendre des notes. Toutes les têtes sont penchées sur les feuilles, n'offrant plus au regard de l'intervenant que calvities, chignons et autres dessus de têtes.
Plus personne ne regarde l'intervenant.
Plus personne sauf moi, bien sûr.

«Le mot incrustation a été jadis recommandé par une commission de terminologie informatique francophone.»
L'intervenant, qui cherche naturellement un soutien dans l'assemblée, finit par accrocher le seul regard à sa disposition... le mien. J'aurais préféré m'asseoir au fond, parce que quand on s'assoit devant, on prend toujours le risque que le conférencier nous regarde droit dans les yeux.

«Ce moyen est communément utilisé pour afficher des messages publicitaires ou un avertissement comme la réponse

à un message privé dans un forum.»
Et le malaise s'installe. Il me regarde fixement, continue de parler comme si de rien n'était, mais moi je suis coincée. Comme je sais qu'il n'a plus personne à regarder, je me sens obligée de soutenir son regard.

«Néanmoins, certains sites sont conçus selon le principe d'une page classique ne contenant qu'une image de fond et le lien du style «entrer» qui ouvre le site en lui-même est en fait conçu dans une fenêtre de type pop-up.»
Je n'arrive plus à écouter ce qu'il dit, trop occupée que je suis à le regarder. Cela me met très mal à l'aise. Je me demande alors s'il a des idées parasites comme moi. Qu'est-il en train de penser de moi? Peut-être qu'il m'est reconnaissant de lui offrir un regard sur lequel s'appuyer, et qu'il ressent comme un affront tous les autres crânes penchés dans la salle?

«Certains sites contenant des fonctionnalités annexes, comme un lecteur audio ou vidéo, nécessitent l'utilisation de ce système de fenêtre pop-up, car ces fonctionnalités se lancent dans une fenêtre pop-up.»
Je hoche doucement la tête, pour l'encourager à continuer à parler, la main sous mon menton, pour mieux donner à voir mon attention soutenue.

En réalité, j'ai complètement décroché. Je me demande s'il pense à ce qu'il raconte ou s'il lui vient d'autres idées, comme moi.
Pour le savoir, je vais tenter de la transmission de pensée. Je le regarde droit dans les yeux, et je lui dis mentalement: si vous êtes compatible avec moi, merci de dire «Forum de discussion»

dans la prochaine phrase.
J'écoute avec une attention plus soutenue.

«... Avez-vous remarqué que les pop-up que vous recevez tournent toujours autour du même sujet?»
Il ne l'a pas dit. Il n'a pas dit *Forum de discussion*. Il n'est donc pas en train de penser comme moi. Déçue, je baisse la tête et fais semblant de prendre des notes moi aussi. Après tout, il n'a qu'à se trouver une autre paire d'yeux, je fais une pause.

«N'avez-vous pas remarqué qu'à Noël, vous recevez des promotions pour les jouets? Et plus intéressant encore, vous recevez des promotions pour des jouets en lien avec l'âge de vos enfants! On peut presque parler d'espionnage...»
Je l'écoute, mais je ne le regarde plus. Il a forcément remarqué mon changement d'attitude. Je ne sais pas s'il a trouvé quelqu'un d'autre sur qui jeter son dévolu, mais pour ma part, c'est fini. Et tant pis s'il croit que je suis fâchée.

C'est justement le moment qu'il choisit pour poser une question à l'assemblée. Comme personne ne lui répond, il m'interpelle. Pourquoi moi, je ne sais pas. Peut-être une façon de s'excuser...

«Vous, par exemple, ne recevez-vous pas des informations qui ont presque toujours le même contenu?»
Je relève la tête, mais je reste coi.
Il continue sur sa lancée.

«Si bien sûr, comme tout le monde ici présent, vous recevez des offres en fonction de vos idées politiques, de vos goûts, de vos choix de vie... non?»

Le silence qui reste suspendu à ses lèvres m'oblige à répondre. J'ai de la peine pour lui, je ne peux pas rester silencieuse sans qu'il le vive comme un camouflet, alors je réponds sans réfléchir, je pare au plus pressé, je dis la vérité: «Oui c'est vrai, encore aujourd'hui j'ai reçu une publicité «Retrouvez un corps svelte», alors que je n'avais rien demandé...»

Mais pourquoi j'ai dit ça. Quelle idée de mettre à nu les secrets intimes que je ne partage qu'avec mon ordinateur, dans l'intimité de mon bureau? Que vont penser les autres?
Je voudrais que tout le monde oublie ce que je viens de dire, qu'on passe vite à un autre sujet, mais non, le voilà qui insiste lourdement.

«Ce que nous dit madame illustre parfaitement mon propos. Quand vous allez sur internet, tous vos faits et gestes sont espionnés, enregistrés. Il suffit que madame aille sur des sites de pertes de poids par exemple, et la voilà dans les registres des vendeurs de régimes et autres poudres amincissantes. Merci madame, pour votre intervention.»
Je suis tassée sur ma chaise, écrasée par l'humiliation.
Je ne peux même pas sortir discrètement, coincée au premier rang et cernée par les collègues de la compta.

Et le voilà qui parle comme si de rien n'était, qui continue sa conférence comme s'il ne s'était rien passé, comme s'il ne m'avait pas rabaissée en public, et les autres, oui tous les autres, qui font comme si de rien n'était et qui prennent des notes. Ah oui, ils doivent bien rire intérieurement.

«Pour vous prémunir contre ces pratiques, il vous faut prendre

un logiciel antivirus avec des fonctionnalités adaptées, ou bien aller sélectionner ou désélectionner des options détaillées dans le menu «expert» de vos paramètres de navigateur.»
Et dire que j'ai passé une demi-heure à lui offrir mon regard quand plus personne n'était là pour lui, j'étais là pour le soutenir quand il en a eu besoin, et voilà comme je suis remerciée, jetée en pâture, dénigrée, salie publiquement!

Maîtres-nageurs, échographistes ET conférenciers.

VINGT-SEPT

Ma meilleure amie n'est pas encore arrivée.
Je suis collée à la bâche, assise dans mon coin habituel. Je me réjouis d'être installée sur une terrasse chauffée: en plein hiver, l'attente reste plus supportable.

Ma meilleure amie n'est pas encore arrivée, ce qui est assez habituel, et somme toute assez normal, au vu de sa vie trépidante.
En général lorsqu'elle arrive, j'ai déjà fini mon thé vert. Je commande alors autre chose pour ne pas la mettre mal à l'aise.

Ma meilleure amie n'est pas arrivée, et tant mieux, car cela me permet de faire le point sur tout ce que j'ai à lui raconter aujourd'hui: la réunion d'information et cet odieux conférencier, mais surtout, la révélation du fauteuil rouge. Je suis maintenant prête à en parler.

Ma meilleure amie n'est pas encore arrivée, et je pense avec tendresse à tous ces moments passés à l'attendre, toutes ces heures seule à ma terrasse, tel le renard qui attend son champ de blé.

Je ne sais pas s'il est juste de parler de retard, puisque je sais exactement à quelle heure elle arrivera. Car mon amie est précise: elle arrive toujours trois quarts d'heure après l'heure de notre rendez-vous. Ni plus ni moins. Précisément trois quarts d'heure systématiquement.

J'ai déjà pensé à aligner mon heure d'arrivée sur la sienne, mais il me semblerait impoli, voire grossier, de spéculer sur son retard systématique.
C'est précisément ce à quoi je suis en train de penser lorsqu'arrive ma meilleure amie. Elle est ponctuelle: trois quarts d'heure exactement. Elle s'installe à sa place, sur la chaise face à la vitre.

Lorsqu'elle arrive, je fais mine de téléphoner pour me donner une contenance.
Elle commande un café, et me raconte ses dernières péripéties.
Je l'écoute avec plaisir, je la regarde aussi. Il lui arrive toujours des aventures incroyables.
Elle commande un autre café tout en me disant que rien ne vaut le café que l'on peut boire au Pérou, et m'interroge d'un haussement de sourcils: «Et toi?»

Comme prévu, je commence par lui raconter la conférence.
L'illusion d'une bonne intervention, la déception, la trahison.
Mais elle n'a pas l'air de comprendre.
Alors je lui explique plus en détail le piège du premier rang, les collègues de la compta, la perfidie sournoise de l'intervenant, le dénigrement public.
Elle ne comprend toujours pas.
Pire, elle n'a pas l'air de m'écouter.

Alors que je tente tant bien que mal de lui faire ressentir l'humiliation subie, je saisis à la dérobée son regard dans la vitre qui lui fait face.
Je ne m'en offusque pas, car j'en ai l'habitude. C'est comme un petit rituel entre nous: je m'assois toujours près de la bâche et elle, sur la chaise en face de la vitre. Ainsi lorsque nous discutons elle peut toujours jeter un coup d'œil pour vérifier que tout son être renvoie l'image parfaite de la beauté incarnée.

Je ne m'offusque pas que ma meilleure amie ait tendance à se regarder dans la vitre lorsque je lui parle. Mais aujourd'hui, je trouve son geste quelque peu déplacé. Je ne comprends pas qu'elle soit plus intéressée par son image alors que je cherche du réconfort et que je me mets à nue devant elle.

Alors que je raconte avec plus de précision mon agression, je la vois se passer la main dans les cheveux tout en se regardant dans la vitrine. Elle sourit.
Au nom de notre amitié je décide de prendre sur moi, de passer à autre chose.
De toute façon, je finirai bien par récupérer son attention lorsque je vais lui dire la nouvelle, la terrible nouvelle du fauteuil rouge.
Même si pour le moment, elle sourit en se regardant dans la vitrine.

Je ne sais quel ton employer: avec emphase pour avoir l'air d'une tragédienne, avec tristesse pour attirer sa pitié, ou avec naturel pour être comprise. Qu'importe, je me lance.

«Il s'est assis sur le fauteuil rouge et il m'a dit qu'il y avait quelqu'un entre nous.»
J'attends sa réaction qui ne vient pas. À trop vouloir donner un ton solennel, aurais-je parlé trop doucement?
Je redis d'une voix un peu plus forte: «Il a dit qu'il y avait quelqu'un entre nous»
Je suis suspendue à ses lèvres lorsqu'elle me répond: «Tu as vu? Je crois que j'ai pêché un gros poisson...»
D'un coup de menton elle me désigne un bellâtre souriant assis au fond du café qui la regarde béatement.

Je suis anéantie. Mon amie ne se regardait pas dans la vitre pour se recoiffer, non, mon amie était en pleine parade amoureuse, et c'est bien à lui qu'elle souriait tout à l'heure, alors que je lui racontais mon humiliation publique.
Tout se bouscule en moi, il est impossible qu'elle ne réagisse pas immédiatement à ma déclaration...
Elle se tourne vers moi et me dit: «Tu le trouves comment?»

VINGT-HUIT

Bien qu'à la maison mes paroles soient comme silencieuses, et que le bruit de fond auquel je participe n'empêche aucunement le silence nécessaire à mon mari, je ne suis pas certaine que parler inlassablement me donne l'air mystérieux et impénétrable que je souhaite.

J'ai donc arrêté de parler du jour au lendemain.
Comme lui, j'ai décidé moi aussi d'errer tous les soirs d'une pièce à l'autre, l'air pensif et évanescent.
Alors maintenant le soir nous nous croisons, muets et songeurs.

Passée une première période d'étonnement est apparue une période de demandes d'explications: il veut comprendre.
Preuve que mon attitude commence à porter ses fruits.
Il me questionne, il m'interroge, il me sonde.

Mais je ne suis pas dupe, et je sais que ce genre de conversation est un piège grossier dans lequel je ne dois pas tomber.
Assurément, je préfère rester lointaine et inaccessible.
J'ai donc mis en place une stratégie d'évitement. Dès qu'il s'approche, je m'éloigne. Je sors de la pièce dans laquelle il se trouve de façon systématique.

Ainsi comme une routine bien huilée, tous les soirs se ressemblent: errements, interrogations, supplications, fuite, silence.
Je sais bien que cette stratégie n'est pas durable sur le long terme. Il arrivera bien un moment où je devrais répondre de mon comportement. Mais pour le moment, j'ai toujours réussi à fuir en toute discrétion, l'air de rien.

Ma tactique est peut-être provisoire, mais en attendant, il n'est pas encore parti.

VINGT-NEUF

Mon nouveau régime, qui consiste à manger comme ma collègue de travail, est à la fois très difficile et très simple.
Difficile, car ma collègue ne mange pas beaucoup. La faim me tenaille souvent le ventre. Dans ces cas-là, je me sens un peu prisonnière de ses désirs.
Simple aussi, car je n'ai pas à compter les calories, ni à peser mes aliments. Dans un certain sens, je me sens libérée.

Au tout début, j'ai perdu 1,5 kilo en deux semaines. C'est normal, le corps est toujours surpris quand on change brutalement ses habitudes alimentaires. Les premières semaines sont toujours celles où l'on perd le plus de poids.
Après quoi le rythme de perte a diminué, mais j'ai perdu quand même deux kilos supplémentaires.

Mais depuis quelque temps, c'est l'incompréhension. La balance repart à la hausse. Je mange pourtant scrupuleusement les mêmes repas que ma binôme.
Je ne comprends pas.
J'ai d'abord pensé que cela venait de moi. Mais aucun changement dans ma vie ne pourrait expliquer ce revirement de balancier: pas de traitement médical, pas de problème

hormonal, rien.

Alors j'ai regardé plus scrupuleusement les portions qu'elle prenait. J'ai réajusté les miennes, en comptant même une petite marge en dessous.
Mais rien à faire, ce qui fonctionnait si bien il y a peu, ne fonctionne plus. La machine s'est enrayée.

Après m'être interrogée sur moi-même, je me demande finalement si le problème ne vient pas d'elle.
Je profite d'une petite pause à la machine à café pour l'interroger discrètement.
«Je ne sais pas ce que j'ai, mais en ce moment, j'ai l'impression qu'un rien me fait enfler... Tu ne prends jamais de poids, toi?»
Je sais qu'en parlant de moi, elle ne se sentira pas visée.

Elle rougit. J'ai fait mouche.
Le problème n'est donc pas mon corps qui grossit sans explication, non, le problème c'est elle, qui grossit sans même me prévenir.
Elle me dit dans un souffle et d'un air entendu: «Si, j'ai pris un peu de poids, mais c'est pour la bonne cause, si tu vois ce que je veux dire!»
Elle me fait un clin d'œil et pose sa main sur son ventre.
Et moi qui n'ai rien vu. Quelle idiote!

À cet instant je ne sais plus qui je déteste le plus, moi-même pour ma sottise de la suivre aveuglement, fidèlement avec enthousiasme et confiance, ou elle de ne m'avoir rien dit.
Je sais bien que l'on attend toujours que la grossesse soit bien installée pour en parler, les fameux trois mois incompressibles,

mais enfin à moi elle aurait pu le dire, au lieu de me faire plonger avec elle, de m'entraîner dans les tréfonds de sa prise de poids!

Elle s'approche de moi et dans un sourire complice, elle ajoute: «Depuis un mois, je mange comme quatre... j'ai déjà pris trois kilos!»
Quelle situation sournoise... la voilà, la gentille et douce collègue que tout le monde aime, la voilà qui me fait grossir avec perfidie, sans même s'en apercevoir! Je rirais de cet affront déguisé si ce n'était ce corps que je commençais à apprivoiser, et pour lequel j'ai livré bataille contre la faim pendant des semaines.

Toi, mon alliée de régime, toi qui étais devenue mon égérie, mon modèle, mon étalon. Que ne m'as-tu prévenue au lieu de m'entraîner dans tes délires caloriques?

Je prétexte une envie subite pour me réfugier rapidement aux toilettes, car je ne veux pas insulter une femme enceinte.
Je la féliciterai demain.

TRENTE

Je n'ai pas été totalement convaincue par ma dernière séance de vélo, et je ne suis finalement plus certaine que ce sport soit le plus adéquat.
D'une part parce que j'ai frôlé la mort subite du sportif, et d'autre part parce que je n'ai pas apprécié le regard omniprésent qui pèse sur les épaules du vélocycliste.

Par chance, j'ai gardé le magazine dans lequel j'avais lu l'article sur les bienfaits du vélo. Peut-être contient-il des astuces auxquelles je n'aurais prêté garde...

Le vélo a les mêmes avantages que le jogging. Et tout comme la natation, il réduit les traumatismes et donc la sensation de courbatures le lendemain.
Cet article dit vrai: j'ai moi-même constaté un lendemain moins douloureux qu'après mes séances de jogging.

Que ce soit sur le terrain ou en salle, le vélo peut se pratiquer par bon ou mauvais temps.
Le voilà, le détail auquel je n'ai pas prêté attention, décidée que j'étais à affronter mes démons! Mon erreur a été de partir vaillamment, sans plus de réflexion.

L'article est très clair pourtant: aucune préférence n'est donnée entre le vélo d'intérieur ou d'extérieur. Que n'y ai-je pensé plus tôt!

L'évidence me saute aux yeux. Le vélo en salle combine de nombreux avantages: il peut se pratiquer par bon ou mauvais temps, et le vélocycliste choisit librement l'intensité de son activité sans aucune pression extérieure.

Enthousiaste, je cherche aussitôt une salle de sport. La plus proche de chez moi fera l'affaire, aucun accessoire ridicule n'obligeant le vélocycliste à déployer d'ingénieux stratagèmes pour se cacher.

Je trouve aussitôt une salle qui me parait tout à fait correcte, et dont le nom sonne comme une promesse de mes futures mensurations corporelles: Le Fitness California.
Ce club est tout à fait complet, avec trois espaces: un espace fitness dédié aux cours collectifs avec un programme de cours varié, un espace cardiomusculation sur matériel Technogym, et un espace aquatique avec piscine, sauna et hammam.

Que vous souhaitiez garder la forme, vous affiner ou simplement vous détendre, Le Fitness California a pensé à tout pour faire de votre salle de sport votre atout santé. Sur simple demande, vous aurez accès à un bilan personnalisé avec un coach diplômé et expérimenté qui saura vous conseiller et vous aider à atteindre vos objectifs.

Avoir un coach diplômé me conforte dans l'idée que cette salle est faite pour moi. Et l'humilité dont je dois faire preuve pour remettre mon avenir sportif entre les mains d'un inconnu m'apparaît tout à coup comme une promesse de réussite.

Lorsque je me rends pour la première fois dans cette salle, j'ai l'impression d'être en accord avec mon être profond, malgré une odeur de transpiration et de plastique mêlés.

Comme indiqué sur le dépliant, un rendez-vous est donné avec une éducatrice diplômée. Mais avant toute chose, il faut visiter le club, afin de m'orienter vers la formule la mieux adaptée à mes besoins.
Car il existe plusieurs formules: le forfait aquafitness, le forfait aquagym, le forfait fitness-musculation, et le forfait cardiomusculation. Autant de promesses de galbe et d'harmonie corporelle.

Mon enthousiasme est tout à coup modéré lorsque je consulte les tarifs pratiqués par le Fitness California, car l'investissement est loin d'être anodin.
Je précise alors à mon éducatrice diplômée que je ne souhaite rien d'autre qu'un accès aux vélos, ce qui, je l'espère, me permettra une inscription moins onéreuse.
Malheureusement pour moi, l'accès limité aux seuls vélos est impossible, car le forfait le moins cher comprend au minimum un accès à l'espace cardio-training et un accès au hammam. Il s'agit du Forfait cardiomusculation.

Mon éducatrice spécialisée est d'une efficacité ahurissante. Alors que j'en suis encore à essayer de compter combien va me coûter cet abonnement, elle a déjà commencé l'élaboration de mon plan d'entrainement.

En effet, si je souhaite réellement obtenir les meilleurs bénéfices, il est important d'avoir un plan structuré, avec rythme d'entrainement et types d'exercices à réaliser: haute intensité, en fractionné, ou en récupération.

A priori je ne pense pas travailler en haute intensité. Mais pour le reste, je ne sais pas trop ce que recouvre les termes de fractionné ou de récupération.
Ma coach n'a malheureusement pas le temps de m'expliquer en quoi mon programme va consister dans les détails. Elle me demande si j'ai d'autres questions tout en commençant à exécuter des exercices d'échauffement, car le cours de fitness qu'elle anime débute dans quelques minutes.

En signant mon chèque d'inscription je demande alors confirmation que cette formule me permet bien d'accéder aux vélos. Car pour dire vrai, je ne pense pas utiliser toutes les magnifiques possibilités proposées, mais simplement pédaler occasionnellement.

En guise de réponse, ma coach me regarde de haut en bas, puis de bas en haut, esquisse un sourire compréhensif et me dit avec mansuétude: «L'avantage avec ce forfait, c'est que vous pourrez toujours profiter du hammam.»

Je ne sais que penser de cette phrase. Je la regarde partir, moulée dans sa tenue de fitness fluo. Je ne savais pas que le fluo était revenu à la mode. J'aurais pu garder mes baskets.

TRENTE ET UN

Je suis contente d'être invitée chez Julie-Lys.
C'est une femme très sympathique, très enjouée. Pour autant je n'oublie pas la dernière fois où nous nous sommes rencontrées.
Elle avait été hautaine, avec son rôle de femme au foyer qu'elle portait comme un étendard.
Enfin je ne peux pas lui en vouloir, moi aussi je cherchais par tous les moyens à me valoriser lorsque je ne travaillais pas.

En arrivant chez elle, je découvre avec plaisir qu'une bonne partie du voisinage se trouve ici: Michèle, André, Madeleine... Et même Jean-Jacques et Steeve, de l'entreprise du bout de la rue.
Je note qu'il n'y a pas les Blanc par exemple. Ni les Martin d'ailleurs.
Cela aurait été sympathique d'inviter toute la rue, surtout que ce n'était pas beaucoup plus compliqué, puisque chacun a apporté un plat.

On dirait que tous les invités se sont donné le mot pour arriver en même temps. C'est un peu la bousculade. Chacun tente de poser ses affaires sur un bout de canapé: manteaux et sacs à main s'accumulent sur les accoudoirs, tandis que chaque nouvel arrivant se tortille pour enlever son manteau tout en maintenant son plat à l'horizontale.

Il va y avoir un accident, c'est impossible autrement. Nous sommes trop serrés, et personne ne s'occupe de réceptionner les plats. Il va y avoir un accident, j'en suis certaine.

Et voilà: juste au moment où je le pensais, le voisin du 29 dont j'oublie toujours le nom fait tomber la quiche qu'il portait maladroitement.

Les convives sont trop occupés pour s'en apercevoir. Mais je l'ai vue, moi, la chute de la quiche.
Elle est tombée à plat, comme ça, sans se retourner, ni même faire demi-tour sur elle-même. Elle est passée directement du plat sur le tapis, sans aucun dégât.
Et voilà que le propriétaire de la quiche, le voisin dont j'oublie toujours le nom, la ramasse et profite qu'elle ne soit pas trop abîmée pour la remettre discrètement sur son assiette. Il époussette à peine le dessus de la quiche et la pose sur la table, au milieu des autres mets. Ni vu ni connu.
J'en reste coi.

Tout le monde sait bien que les tapis filtrent les particules de poussière et les emprisonnent. Ce n'est pas pour rien qu'on les appelle des nids à poussière.
Comment ose-t-il reposer cette quiche et la présenter à la dégustation?

J'ai du mal à détourner mon regard. Je photographie mentalement le plat: je dois le reconnaître pour être certaine

de ne pas en manger.
Je n'en ai aucun regret, car cette quiche n'avait pas l'air spécialement appétissante.

Pour ma part j'ai fait un tiramisu. C'est ma spécialité. Ce n'est pas moi qui le dis, car objectivement, tout le monde aime mon tiramisu.
Il faut dire qu'il est particulièrement réussi: il est mousseux, léger, crémeux et croquant à la fois.
Le secret pour que la crème de base ne soit pas écœurante, c'est de l'aérer. La méthode la plus répandue consiste à alléger la masse en lui ajoutant des blancs d'œufs montés en neige. Certaines recettes contiennent même de la crème fleurette, qui est alors incorporée déjà fouettée.
Je ne suis personnellement pas très fan des versions aux blancs d'œufs... la plupart du temps, les blancs sont mal montés et retombent, rendant la préparation aqueuse.
Pour ma part, ma base de crème est un amalgame de recettes glanées à droite à gauche, qui a prouvé son efficacité de nombreuses fois.

Je fais un tour de salle, mon plat à la main, pour saluer les invités. Ce n'est qu'une fois après avoir salué tout ce petit monde que je croise nos hôtes.
Julie-Lys me prend le plat des mains, pour aller en cuisine. Je me permets délicatement de lui indiquer que mon plat doit aller au frigo jusqu'à l'heure de sa dégustation.
Non que je sois maniaque, mais j'ai passé un temps fou pour la préparation de ce dessert. Je me suis particulièrement appliquée à cuisiner, avec des ingrédients de premier choix. Je peux dire que j'ai mis toute mon énergie et mon application à

confectionner ce plat. Ce serait tout de même dommage de le traiter comme un vulgaire plat surgelé acheté à la va-vite et qui attendrait bêtement sa décongélation.

Mon hôte a l'air de comprendre, puisqu'elle me dit d'un air enjoué, «C'est un tiramisu? C'est amusant, je vais tout de suite le mettre au frigo!» Elle me fait un clin d'œil en me prenant le plat des mains et se tourne en direction de la cuisine.

Je reste silencieuse en la voyant se faufiler entre les invités pour se frayer un chemin. Je ne comprends pas. Je ne comprends pas son clin d'œil.
Je ne comprends pas son clin d'œil, mais surtout je ne comprends pas sa gaieté. Un tiramisu peut être classique, gourmand, convivial... mais *amusant*? Je retourne aux convives, troublée. Je ne vois vraiment pas ce que mon tiramisu peut avoir d'amusant.

Cette soirée est sympathique, chacun des convives étant aimable et prompt à la discussion. J'entends ma voisine parler de ses enfants et de ses activités personnelles. Je ne rentre pas dans son jeu, je sais à qui j'ai affaire maintenant, et je la laisse se vanter de son sentiment de plénitude.
Grand bien lui fasse, nous ne jouons pas dans la même cour. Je vais de mon côté discuter avec un petit groupe de personnes qui parlent de leur travail. Je suis aux côtés des actifs, des travailleurs, et je m'y sens tout à fait à l'aise.

Je n'ai plus à me vanter de quoi que ce soit. Non, pour ce soir je n'ai vraiment pas besoin de me mettre en avant: j'attends sereinement l'heure des desserts.

Ou plutôt devrais-je dire l'heure de mon tiramisu. Celui-là même qui saura me mettre dans la lumière, et l'on me demandera la recette, et je répondrai d'un air légèrement désabusé «Mais non ce n'est rien je vous assure, un tiramisu c'est bête comme chou!»
Mais les convives insisteront, alors je dévoilerai une ou deux astuces, un ou deux secrets de fabrication. Puis un convive arrivera dans le petit cercle de notre conversation et je devrai me répéter, alors que tout le monde me regardera, et j'aurai un air sincèrement modeste «Oui, c'est une de mes spécialités, mais pas si exceptionnelle je vous assure, le tiramisu ce n'est pas grand-chose...»

Je me positionne non loin de mon mari en attendant le moment crucial. J'ai tellement hâte qu'il voie cela...
D'ailleurs voici l'heure des desserts tant attendue.
Plusieurs personnes entament une chorégraphie entre la cuisine et le salon, apportant plats, tartes et autres assiettes propres sur la table. Ma voisine s'adresse à eux: «On laisse encore le salé pour ceux qui n'auraient pas fini? Mettez les desserts au milieu, c'est plus sympa!»

Je ne comprends pas en quoi mélanger le sucré et le salé serait source de sympathie, en quoi mélanger les plats serait un signe de soirée détendue.
Non, je ne comprends pas cette décontraction à tout prix, je ne comprends pas le principe de la table fourre-tout, où tout se mélange et tout se vaut.

Ma voisine revient une dernière fois de la cuisine, triomphante: «Et voilà les tiramisus!»

Elle pose deux plats sur la table. Tout s'explique: ce que je me refusais à comprendre tout à l'heure, l'air enjoué, le clin d'œil, la petite phrase!
«Un tiramisu? C'est amusant!»
Bien sûr... que j'ai été sotte. Ce n'est pas mon tiramisu qui était amusant, mais bien le fait qu'elle en avait préparé un, elle aussi.
Et les convives de s'exclamer: «Tiens, une soirée tiramisu! C'est sympa, on va pouvoir les comparer!»

Et les voilà tous, Michèle, André, Madeleine, Jean-Jacques, Steeve, et tous les autres, à servir de minuscules parts, pour que chacun puisse goûter, comparant les textures et les goûts, dans une cacophonie qui se veut sympathique, dans une euphorie de gentillesse, perdus qu'ils sont dans leurs superlatifs «J'adore celui-là! Mais celui-ci est aussi excellent!»
Dans une fausse guéguerre où tout le monde finira par gagner, ex aequo, où l'on attend de chacune des cuisinières de valoriser le plat de l'autre, dans un faux semblant pathétique.

Et me voilà moi, mon assiette à la main, entourée de tous et face au sourire de ma voisine qui a fait son tiramisu en toute connaissance de cause, puisque je me souviens très bien lui avoir déjà dit que le tiramisu était ma spécialité.
Face à Julie-Lys qui me sourit, je dois goûter son tiramisu qui n'est autre qu'un baiser de trahison, obligée d'encaisser poliment son coup de poignard.

Eh bien goûtons.
Je goûte, et c'est exactement ce que je pensais!
Je pourrais en rire, si je ne craignais de l'humilier publiquement.
Oui, son gâteau est risible, pathétiquement risible... Et

j'ajouterais même que son tiramisu n'en est pas un, tout simplement. Je n'ose à peine y croire et pourtant c'est bien la réalité: ma voisine a trouvé de bon ton d'utiliser des miettes de crumble.
Il y a pourtant tant de biscuits qui peuvent servir de base: des biscuits roses de Reims, par exemple, qui peuvent donner une jolie couleur, ou des biscuits de Savoie découpés à l'emporte-pièce, ou même une génoise légère...
Tout est possible oui, tant que l'on garde en tête que, pour rester dans l'esprit du tiramisu, le biscuit doit être léger, non collant et fondant... ou alors, renommez votre entremets!

Je décide de tenir une posture magnanime, mais juste. J'affiche un sourire courtois, mais j'affirme devant tous: «Il est très bon, ce CRUMBLE.»
La horde bienpensante de mes voisins – et mon mari le premier – tente alors de minimiser l'impact de ce que je dis: *«Ce dessert est une réussite... vraiment délicieux!»*
Cela pourrait être délicieux que cela ne changerait pas ce que j'affirme. Le nom de ce dessert n'est pas tiramisu.

Vraiment, je pense être quelqu'un de souple de ce côté-là et on peut dire de moi que je suis flexible. Je supporte toutes sortes de variations: les versions aromatisées avec des alcools comme le Marsala, l'Amaretto, le Rhum ou le Whisky, ou même avec des fruits comme les fraises ou les framboises.
Mais en aucun cas, je dis bien en aucun cas, le crumble ne peut servir de base de biscuit.
Ma voisine se rengorge des compliments qui fusent çà et là: «Tout à fait, c'est un crumble façon tiramisu!» Elle n'a pas l'air de comprendre.

Pas l'air de comprendre qu'elle me gâche mon moment, l'heure des desserts qui devait être mon heure de gloire, celle où les convives se pressent autour de moi pour me supplier de divulguer mes secrets de cuisinière, sous les yeux admiratifs de mon mari.
Il ne lui suffisait pas de m'écraser avec son rouge à lèvres et sa féminité en pleine face, rappelant à tous et à moi-même que ma peau à moi est une prison dans laquelle je suis enfermée,
Il ne lui suffisait pas de se vanter de s'occuper de ses enfants et de piétiner d'une phrase l'équilibre précaire de ma vie professionnelle, foulant du pied tous mes sacrifices maternels,
Non, jusqu'au bout me fouler au pied, jusqu'à attaquer frontalement mon tiramisu, dernier rempart de ma fierté, ma seule qualité reconnue publiquement, mon dernier refuge d'estime de soi,
Me fouler aux pieds alors que j'ai cuisiné toute l'après-midi, avec des ingrédients de premier choix.
Je suis à bout. Je crois que je perds pied.

C'est exactement à ce moment-là, au moment où je vacille alors que j'ai perdu toute dignité, que le voisin du numéro 29, dont personne ne connait le nom, tend son plat en criant à la cantonade: «Un dernier morceau de quiche?»

TRENTRE-DEUX

Je suis vraiment contente de ne pas avoir insulté ma binôme lorsqu'elle m'a appris le début de sa grossesse.

Bien sûr, elle m'a fait prendre du poids, personne ne peut le nier. Mais je reste persuadée qu'elle n'a pas eu conscience du mal qu'elle m'a infligé. Alors je lui ai pardonné.

Je suis d'autant plus contente de ne pas l'avoir insultée que notre relation évolue d'une façon assez inattendue.
Je crois pouvoir dire que nous sommes de plus en plus proches toutes les deux. J'ai même l'impression que ma binôme ne serait pas contre une relation plus amicale.
Nous commençons à avoir quelques habitudes communes. Tous les matins par exemple, nous faisons une pause à la machine à café. Tous les matins à la même heure. Elle prend un cappuccino, et moi un thé vert.

De nombreuses études scientifiques démontrent que la consommation régulière de thé vert contribue à perdre du poids, car cette boisson fait accélérer le métabolisme, et la brûlure des graisses.
Alors tous les matins, à la même heure, ma binôme prend un

cappuccino, et moi un thé vert.

C'est ainsi que ce matin, alors que nous sommes à la machine à café pour notre traditionnelle pause, ma binôme, comme à son habitude, insère de l'argent pour son cappuccino. Malheureusement pour elle, le monnayeur est enrayé et, après avoir récupéré sa boisson, son restant de monnaie est bloqué dans la machine. Elle tape un petit coup sur la vitre, mais rien n'y fait: la machine est capricieuse, et son argent ne lui est pas rendu.

Alors, sans hésiter une seconde, je la vois appuyer à nouveau sur le bouton des choix. Comme une danse bien réglée, un gobelet tombe du ventre du distributeur, retenu in extremis par deux petits crochets. J'aime l'enchaînement de ces actions mécaniques et leur régularité: la touillette en plastique tombe au fond du gobelet, suivie presque immédiatement par de l'eau brûlante. Un cappuccino.

Je me dis alors qu'elle n'est pas raisonnable, et que deux cappuccinos vont lui rester sur l'estomac, mais je la vois prendre le gobelet et le tendre vers moi, comme une évidence.
Je me suis trompée: elle ne souhaite pas boire deux cappuccinos, non, ce deuxième cappuccino m'est adressé. À moi. Un cappuccino.

Non pas un café serré, sans sucre et amer, non, un cappuccino, dont la mousse sucrée, la crème et le chocolat en poudre disent quelque chose de voluptueux, de savoureux.
Cela confirme mon intuition: ma binôme m'offre un cappuccino, symbole de douceur et de délicatesse, ce qui en dit

long sur le tournant que prend notre relation.

Certes, je n'aime pas l'amertume du café. La mousse, le sucre et le chocolat que l'on peut y rajouter n'y changent rien, je n'aime pas le café – déguisé en cappuccino ou pas.
Mais le geste est si sympathique que je n'ose rien lui dire. Après un tel geste, un pas pour le moins généreux qui réduit la distance entre nous, il serait décevant pour elle, et peut-être même humiliant de savoir que je n'aime pas le café.

Par amitié pour elle, je m'apprête à boire ce liquide infâme et hautement calorique. Je suis prête, moi aussi, à faire un pas vers elle.
Je suis émue pour tout dire. Je sais bien que la générosité est un des traits de sa personnalité, et que je ne dois pas prendre ce geste pour une déclaration d'amitié. Il n'empêche que nous ne sommes pas seules: tout un petit attroupement est présent autour de la machine à cette heure-ci. Au moins cinq personnes. Et pourtant c'est bien à moi qu'elle offre ce cappuccino.

Je réalise alors tout ce que notre travail commun nous a apporté: du temps passé ensemble, des dossiers construits peu à peu. Comme le reconnait notre employeur, nous sommes efficaces, et pour tout dire, complémentaires.
Complémentaires... ce n'est pas rien!

Nos boissons sont trop chaudes, nous sommes obligées d'attendre un peu. Nous discutons. Un nouvel horizon s'ouvre à moi.

Je pense à ma meilleure amie. J'aimerais lui dire. Lui dire que je ne serai pas toujours là à l'attendre dans le froid hivernal, en dépit d'une terrasse chauffée. Lui dire que d'autres personnes voudraient bien être mes amies.

Je pense à mon mari. J'aimerais lui dire aussi. Que d'autres personnes s'intéressent à moi. Oui, certains collègues m'offrent des cafés. Et même des cappuccinos. Je pourrais même rester évasive pour titiller sa jalousie.

Je me demande ce que penserait ma binôme si je me mettais à boire des cappuccinos avec elle, alors que je n'aime pas le café. Apprécierait-elle mon esprit de sacrifice?

TRENTE-TROIS

Julie-Lys est venue chez moi. Je ne l'ai pas revue depuis l'humiliation du tiramisu.

Julie-Lys est venue chez moi sans y être invitée, cela va sans dire. La raison en est tout à fait triviale: dans le charivari de la fin de soirée, j'ai oublié mon plat chez elle, plat qu'elle est venue me rendre.

J'aime bien ce plat. Je l'utilise exclusivement pour le tiramisu. D'abord parce qu'il est rectangulaire, ce qui est plus pratique qu'un plat rond pour la disposition des biscuits. La seconde raison est tout simplement esthétique: un plat transparent laisse à voir la superposition des différentes couches du gâteau. C'est un détail, mais c'est important.

Ma nouvelle voisine est venue me rendre mon plat et nous avons pu parler comme jamais auparavant. C'est la première fois que nous nous voyons seules toutes les deux.
Sur le pas de la porte, alors que je n'ai pas prévu de la faire entrer, elle me fait une confidence. Tout en me tendant mon plat, elle me dit n'avoir jamais goûté un tiramisu aussi bon que le mien.

Il est tout à son honneur de l'admettre, et je suis agréablement surprise par son honnêteté.

Bien sûr j'aurais préféré qu'elle l'admette en public. Ou tout du moins devant mon mari. Il est un peu facile de faire son mea culpa entre deux portes.
Tout de même, je prends ces aveux pour ce qu'ils sont: des excuses déguisées. Je les accepte, et la laisse entrer avec magnanimité.
Je reste un peu distante pourtant. Car je vois bien ce qu'elle tente de faire. Elle tente de m'amadouer à coup de gentillesse.

Décidément... entre ma binôme et ma nouvelle voisine, c'est peu dire que je me sens courtisée. Si seulement mon mari pouvait voir ça!
Et tout à coup, l'évidence me saute aux yeux. Que n'y ai-je pensé avant: mon mari doit voir cela, absolument! Me voir, moi, objet de convoitise, entourée d'amies potentielles, riant avec d'autres, digne d'intérêt!

Me voir, femme d'intérieur et femme active, mère attentive et femme sexy, estimée pour son amitié, louée pour ses talents de cuisinière,
Moi la mère, Moi l'épouse, Moi la femme!
Puisque c'est ce qu'il a aimé chez elle... je dois acquérir la même popularité, et lui montrer avec éclat!
Tout cela est possible, absolument possible.

Je me sens tout à coup vivante, revigorée par un nouveau regain d'énergie: tout doit être parfaitement organisé, paramétré avec justesse. Rien ne doit être laissé au hasard: tiramisu, rouge à lèvres, gaine amincissante, amies valorisantes, collègues de travail, enfants aimants. Je pourrais même mettre des talons!

Mes chances de la garder sont minces, mais je ne l'ai pas encore perdu. Mon espoir est infime peut-être, mais pas anéanti.

Je remercie Julie-Lys sans qu'elle ne comprenne pourquoi.
Ce sera un baroud d'honneur peut-être, mais j'aurai combattu.

TRENTE-QUATRE

Je n'ai pas mis de talons, non.
J'aurais voulu mettre des talons, bien sûr, mais le port de talons m'est formellement interdit par le médecin.

Il faut savoir que les talons poussent le corps vers l'avant. La personne qui marche avec des chaussures hautes compense cet effet en creusant le dos, avec des répercussions sur le rachis cervico-dorso-lombaire.

Je n'ai pas mis de talons, car j'ai des problèmes de lombaires.
Mais cela n'entame en rien ma détermination à me faire désirer.
À susciter l'adhésion.
À devenir l'amie que l'on s'arrache.
Et l'épouse que l'on garde.

Me voilà sur le perron, tout est prêt. Je vois arriver quelques collègues, ma nouvelle voisine, ma meilleure amie, ma binôme. Les enfants sont sages. Tout le monde est là. Ne manque que le principal intéressé.

Les invités entrent les uns après les autres. Je les invite à se servir: tout est prêt sur les tables. Tout est prêt et tout est

parfait. J'attends sur le perron.
Je regarde la rue des Beaumonts, ses maisons serrées et solidaires, ses façades disparates, ses trottoirs étroits.

Les voisins arrivent, les amis discutent, les collègues se présentent. J'entends un brouhaha joyeux par la porte entrebâillée.
Une voiture s'arrête au bout de la rue. Elle stationne devant le numéro 31. Un homme descend. C'est lui. Je plisse un peu les yeux pour mieux le voir arriver.

Ainsi tout est pour le mieux.
Je le regarde de loin, j'admire son allure élancée. Je l'ai toujours trouvé beau.
Mais voilà. Au lieu de venir vers moi, au lieu de m'adresser un sourire lointain, je le vois contourner la voiture. Il se penche vers l'habitacle.
La fenêtre s'ouvre, il se penche encore un peu plus, il tourne la tête. Je devine le baiser rapide, la caresse dans les cheveux, le *au revoir* murmuré. Cette chevelure, cette main effleurée, c'est elle. Elle l'indicible, elle l'innommable.
C'est elle qui l'a accompagné.
La voiture s'est arrêtée suffisamment loin pour que mon honneur soit sauf. Aucun des invités n'a assisté à la scène.
La voiture repart. Il s'avance alors d'un pas décontracté et me fait signe de la main.

La voiture s'est arrêtée suffisamment loin pour mon honneur, mais suffisamment près pour que l'innommable devienne tout à coup réalité. Tout ce que mon esprit, dans sa grande sagesse, avait recouvert d'une voile pudique se matérialise avec fracas.

«Il y a quelqu'un entre nous»

Je l'accueille avec un sourire, je ne suis plus moi-même.
Mon esprit reçoit des flashes visuels: corps contre corps. Je savais, mais tout à coup je réalise. Son corps à lui contre son corps à elle.

Nous entrons.
Nous retrouvons l'ambiance joyeuse et festive. Tous les convives se tournent vers moi, ils attendent une phrase d'accueil, une phrase enjouée pour lancer la soirée, ils attendent peut-être la raison de ce rassemblement.

«Il y a quelqu'un entre nous»
Il ne suffisait pas de me le dire, il fallait que je le voie. Les images crues affluent dans mon esprit. Elle et son corps de rêve.

Tout le monde me regarde avec insistance, moi qui voudrais que plus personne ne me regarde jamais.
Je devrais parler, dire quelque chose, vite.
Mais mes pensées vagabondent en tous sens, comme trop longtemps retenues.
Je sais que je dois dire quelque chose rapidement, car le malaise s'installe. Mais je ne trouve rien à dire.
Il serait absurde de leur parler de mon abonnement au Fitness California. Et pourtant c'est bien à cela que je suis en train de penser. Je vais le résilier.

Tout le monde me regarde. Je suis face à tous, et tellement seule.
Je ne vais tout de même pas leur dire que je vais résilier mon

abonnement au Fitness California. Ils ne comprendraient pas. Pourtant c'est la seule pensée qui me vient. Je vais le résilier comme on se fait hara-kiri. J'abandonne. Je capitule. J'ai perdu. Tout ce que je voulais moi, c'était devenir une vraie sportive. J'aurais même voulu aimer cela, j'aurais voulu me réjouir d'aller transpirer. Force est de constater que ce n'est pas arrivé.

Tout le monde me regarde.
Je ne vais tout de même pas leur dire que je comprends enfin le regard désespéré et le sourire compréhensif de mon éducatrice diplômée. Je saisis, un peu tard sans doute, que je suis le genre de personne à ne profiter que du hammam.

Tout le monde me regarde.
Il n'aurait pas dû dire «il y a quelqu'un entre nous» mais plutôt «il y a une plastique de rêve entre nous». J'aurais compris plus vite.
Les images affluent dans ma tête, violentes.

Tous me regardent encore, toujours, et tous attendent de moi que je casse ce silence pesant.
Je ne sais si c'est une subite envie de disparaître, un désir de mort que je vois tout à coup comme une libération... mais hébétée et sous le choc, je me vois tout à coup tomber violemment, avec fracas.

Je lâche mon corps pour me soustraire à leur vue.
Je chute avec mon corps comme je chute avec mon esprit.
Pour disparaître.
Tomber, et disparaître.

TRENTE-QUATRE

Ma chute n'est pas spectaculaire.
Bien sûr j'aurais aimé tomber de façon héroïque, avec panache.
Mais non. Je suis tombée sans aucune retenue. Sans chic et sans éclat.
Ma chute n'est que la représentation de tout mon être. Molle, apathique, pitoyable et désolante.

En tombant, mon corps frappe brutalement le sol, et me rappelle à la dure réalité à laquelle je ne peux me soustraire. Je ne dis rien, j'espère par mon silence faire disparaître tout ce qui m'entoure.
Je garde les yeux fermés, j'entends le monde s'agiter autour de moi, s'approcher, s'intéresser, s'agenouiller. Et parmi toutes les voix, j'entends sa voix.
Je garde les yeux fermés pour ne plus rien entendre d'autre.
Mais je les entends encore.

Ils disent que je saigne. Dans ma chute, ma tête a tapé un coin de table.
Je pense au tapis. Moi qui avais particulièrement travaillé notre intérieur, sur une base de couleurs naturelles.
Pour adoucir la luminosité, j'avais peint murs et plafond d'une teinte de lin clair.

Voilà que mon sang, aussi écarlate que le fauteuil, s'écoule maintenant sur le tapis sisal qui superpose le parquet chêne doré.
Vraiment le rouge allait jurer dans cette douce harmonie de lin et de blanc.

Tout se mélange et mon esprit s'embrouille. Je ne fais plus qu'un avec le fauteuil. Je réalise que c'est tout mon être qui

heurte avec fracas l'équilibre esthétique patiemment modelé.
Je les entends au loin, entre stupeur et inquiétude.
«Tu ne trouves pas que ça manquait un peu de couleurs ici?»
Je ne sais plus différencier mon esprit vagabond de la réalité.

Le mouvement des corps autour de moi forme un tourbillon dans lequel je tombe sans fin. Je dois saigner beaucoup, car l'affolement autour de moi s'intensifie.
J'entends encore les cris, mais leurs voix s'éloignent peu à peu.
Je ne suis plus tout à fait là.
Je suis concentrée sur lui.
Sa voix, seule, parvient jusqu'à moi. Je l'entends appeler les secours, je l'entends fouiller dans le petit tiroir du guéridon à la recherche d'informations.
Je pense alors à ma carte de groupe sanguin. Je pense aussi que je suis O+.
Puis je ne pense plus à rien.

TRENTE-CINQ

Je ne me souviens plus du contexte de mon réveil. Étonnement, je ne sais plus ni où ni quand. J'ouvre les yeux dans une sorte de monde parallèle où rien n'a d'importance, si ce n'est l'essentiel.
Et l'essentiel est là: sa voix m'accueille avec tendresse.
Il est là, et c'est tout ce qui compte alors.

Je reprends mes esprits dans un monde cotonneux. Je le vois.
Ému, il s'approche de moi les larmes aux yeux, et me demande pourquoi je ne lui ai rien dit.
Je ne comprends pas. Tout flotte autour de moi.
Du regard, il me montre mon dossier contenant mon échographie mammaire, que j'avais rangée négligemment dans le tiroir du guéridon et sur lequel il est tombé dans l'affolement général. Je reprends mes esprits. Tout me revient. Je reste silencieuse, honteuse de n'avoir rien.

Il insiste pour que je parle, implorant, se désolant de n'avoir pas su.
Je ne comprends pas pourquoi il se lamente ainsi, mais devant son insistance, je lui raconte ma palpation, la boule si dure, le rendez-vous chez le médecin et l'odieux échographiste.

Il m'arrête, un doigt sur la bouche, et me demande pardon.
Pardon de m'avoir laissée affronter cette situation toute seule.
L'horreur de la situation me saute alors aux yeux: il y a une méprise évidente.
Je pressens avec effroi le piège dans lequel je suis en train de tomber.
Son regard attendri est un étau qui se resserre sur moi.

Je suis comme spectatrice d'un ballet. Il me regarde, s'intéresse à moi, me prend dans ses bras, me pose une main sur l'épaule, me montre de l'intérêt.
Je devrais me réjouir de tant de sollicitude, mais la culpabilité me défend de profiter de tant d'attentions.

Je ne sais que dire... Je devrais parler tout de suite, ne pas laisser le malentendu s'installer, mais je crains de le ridiculiser en lui avouant son erreur.
L'émotion qu'il dégage en croyant à cette histoire me touche, et je ne peux me résoudre à le décevoir... Alors, par amour pour lui, je prends une mine de pitié.

Si c'est ainsi qu'il m'aime, c'est ainsi que je dois être.

TRENTE-SIX

Me voici face à moi-même et à mon destin. Comme un pantin, je dois maintenant réaliser les gestes que l'on attend de moi. Ne pas réfléchir, et répondre à ses attentes. Lui offrir la place de sauveur, celui de l'homme fort qui épaule sa compagne, envers et contre tout, face à la maladie et à la mort.

Certains ne trouvent leur épanouissement que dans le sauvetage de leurs proches. Je suis prête à endosser le rôle qui le flattera, qui le valorisera, qui lui donnera la place qu'il avait perdue dans notre foyer.
Je serai son faire-valoir, je serai son projet, je serai son retour dans la réalité.

Il me regarde, s'intéresse à moi, me prend dans ses bras, me pose une main sur l'épaule, me montre de l'intérêt.
C'est à cela que je dois penser… Cela me remplit de joie et me donne la force d'accomplir ce que je dois accomplir maintenant. Les semaines ont passé et la situation s'enlise: il est temps de mettre un terme à cette histoire pour ne pas qu'elle s'éternise. Finissons-en.

Seule devant mon miroir, il n'est plus question de reculer.

Je me passe la main dans les cheveux une dernière fois. Je regarde en l'air sans cligner des yeux, ma technique pour ne pas pleurer.

En matière d'épilation, de nombreuses méthodes s'offrent à moi.
J'en ai étudié scrupuleusement les avantages et les inconvénients: d'une technique à une autre, les résultats diffèrent sensiblement.

L'épilation au rasoir, bien qu'étant reconnue comme la technique la plus simple et la plus rapide, serait en réalité une grossière erreur. En effet, les poils coupés au ras de la peau deviennent plus drus et finissent par être visibles. L'idée n'est pas d'avoir une sorte de barbe à la place des sourcils et des cheveux. Outre que le résultat serait inesthétique, il doit surtout s'approcher au plus près de la peau après une chimiothérapie.

Je pense que le résultat le plus proche de ce que je cherche serait obtenu avec une épilation à la cire. Cette technique a également l'avantage d'être durable. Mais je crains qu'elle ne soit trop durable. Car l'épilation affaiblit le poil, qui repousse plus fin et plus clairsemé. Comment pourrais-je expliquer que mes cheveux ne repoussent jamais?

La technique la plus adaptée à ma situation reste la crème dépilatoire. Évidemment, cette méthode d'épilation n'est pas très durable. Mais elle a l'avantage d'être indolore.
Je lis la notice et j'enduis méticuleusement la base de mon crâne du gel approprié. J'enclenche le chronomètre, car la notice est très précise sur ce point: il ne faut surtout pas dépasser le temps

recommandé, à savoir 5 minutes maximum.

Je me regarde dans le miroir, foutu miroir, je me demande comment j'en suis arrivée là.
Ne plus penser. Je lis la liste des composants pour passer le temps. Aqua, paraffinum liquidum, calcium thioglycolate, cetearyl alcohol, calcium hydroxide, sodium hydroxide, ceteth 20, glycerin, silica, parfum, limonene, CI 77289.
La crème gratte un peu, une odeur chimique emplit la pièce, suivie de peu par une odeur de brûlé. Je tire sur une mèche qui se détache. L'ensemble de ma chevelure se décolle peu à peu.
Une partie de moi me quitte.

Le chronomètre sonne, je rince à grandes eaux et tire sur les dernières mèches récalcitrantes. Le fond de la baignoire se remplit d'eau, car le siphon est bouché. Les mèches remontent à la surface, mélangées au produit qui continue son travail d'élimination de la matière, tel un acide qui voudrait éliminer toute trace d'un corps encombrant.

Je ramasse les grandes mèches et les mets dans un sac plastique.
Je pleure.
Il me regarde, s'intéresse à moi, me prend dans ses bras, me pose une main sur l'épaule, me montre de l'intérêt.

TRENTE-SEPT

Je suis à l'heure au rendez-vous.
J'aurais voulu arriver en retard.
J'ai essayé de toutes mes forces d'être en retard. Mais je n'y suis pas parvenue.

Et je suis finalement à l'heure au rendez-vous, à la terrasse du café des Rigollots.
À l'heure pour constater que ma meilleure amie est déjà là.

Je me dirige vers ma place, collée à la bâche.
Pourtant, au moment où je vais m'asseoir, au moment exact où mon corps n'est plus encore debout et pas encore assis, dans cette seconde de point de bascule où l'équilibre se perd, elle me dit «Attends, assieds-toi sur la chaise, ce sera plus confortable.»
Alors, la voyant se lever, je fais le tour de la table et m'assois sur la chaise, face à la vitre. A sa place à elle.

Ma meilleure amie regarde mon foulard, qui ne me quitte plus depuis quelques temps et me place dans la catégorie des rescapés.
Elle baisse les yeux, gênée.

Puis elle plante son regard dans le mien. Un regard que je ne lui connais pas: un regard droit, un regard franc, un regard inquiet.
Elle me lance:
«Dis-moi, est-ce que tu vas bien, toi ?»

TRENTE-HUIT

«Il faut que je te parle». C'est ce qu'il a dit.
Il a dit «il faut que je te parle», et il s'est assis.
Non. Ce n'est pas exactement ça. Il a dit «il faut qu'on parle».
«Qu'on parle». Voilà ce qu'il a dit.

Je ne sais plus. Mes souvenirs se brouillent. Je crois que je confonds les deux événements. Parce qu'il y a eu deux fois, deux épisodes dans le fauteuil.
La première fois, celle où il a dit «il faut qu'on parle» est le jour où il m'a annoncé qu'il y avait quelqu'un entre nous.
Lors du deuxième épisode il a dit «il faut que je te parle». Voilà, si je veux me rappeler précisément, c'est cela. J'ai les idées claires maintenant.

Ce jour-là, il a dit «il faut que je te parle» et il s'est assis sur le fauteuil. Exactement à la même place que la fois où j'avais dû dire les mots. Il s'est assis sur le fauteuil en tissu rouge. Ça, je m'en souviens très bien, parce que j'ai senti comme une explosion dans ma mémoire: tous les souvenirs ont surgi en même temps.

Il s'est assis, et j'ai pensé à la fois où nous avions acheté ce fauteuil, j'ai pensé qu'il voulait un fauteuil en cuir. J'ai repensé à notre rire dans le magasin, avant d'avoir des enfants, avant d'avoir mon âge, avant d'avoir de la peau de ventre qui pend, avant qu'il ait des doutes, avant qu'il y ait quelqu'un entre nous. J'ai repensé que nous avions conçu notre premier enfant sur ce fauteuil, que j'avais soufflé sur la poussière.

J'ai pensé que sur ce fauteuil il m'avait annoncé la fin de notre histoire, l'existence de madame 963. J'ai pensé que j'avais aujourd'hui beaucoup plus d'amis virtuels qu'elle. Je me suis demandé s'il était opportun de lui dire. Mais je n'ai rien dit.

J'ai aussi pensé à son corps de sportive que je n'aurais jamais. J'ai pensé au corps de ma meilleure amie aussi, ce qui m'a fait penser à ma voisine. J'ai pensé à mon rouge à lèvres à 27 euros en train de sécher. Je me suis demandé s'il y avait une date de péremption. Je me suis demandé si j'étais périmée moi aussi.

J'ai pensé à mes cheveux perdus, j'ai fait un rapide calcul du temps nécessaire pour la repousse.
Puis j'ai à nouveau pensé à ma voisine et je me suis demandé si je pouvais encore améliorer mon tiramisu. Mais j'ai pensé que ce serait impossible, étant donné qu'il frôlait déjà la perfection.

Puis j'ai pensé que j'étais fatiguée. Fatiguée de tout ceci, de cette situation intenable. Et je me suis dit que j'avais fait tout ce qui était en mon pouvoir pour le garder. Que le reste ne m'appartenait plus.
J'ai pensé qu'il avait sans doute fait son choix. J'ai aussi pensé que cette fois je ne parlerais pas à sa place. Non, pas cette fois. Cette fois je ne dirais rien.

Voilà tout ce à quoi j'ai pensé quand il s'est assis sur le fauteuil.

Alors je me suis assise aussi, et j'ai fermé les yeux pour bien entendre. Et aussi parce que j'étais fatiguée, vraiment fatiguée. Il s'est approché de moi tout doucement, et il m'a dit qu'il regrettait, que c'était une erreur, que sa vie était avec moi, qu'il me demandait pardon, qu'il serait toujours là, et qu'on traverserait cette épreuve ensemble.

Alors il s'est approché encore un peu plus, il a eu un air attendri, il a passé sa main sur mon bras. Il n'osait pas me toucher, il me pensait tellement fragile, il me regardait comme si j'allais disparaître, comme si j'étais une chose délicate.

Il m'a regardée, et il m'a dit: «Je t'aime, Blanche.»
Et moi j'étais contente, parce qu'il m'aimait bien sûr, mais aussi parce qu'il m'appelait par mon prénom. Ça faisait bien longtemps que personne ne l'avait prononcé. Mon prénom, dans sa bouche, était une louange. Par sa bouche, j'existais à nouveau.

J'étais émue, mais je ne disais rien. D'abord parce que je ne savais pas quoi dire, ensuite parce que j'ai commencé à avoir le crâne qui gratte. J'avais chaud de l'entendre dire tout ça, avec le foulard en plus, et les cheveux qui recommençaient à pousser drus, ça me démangeait comme pas possible.

Alors je suis partie dans la salle de bain pour me passer un peu d'eau sur la tête. Il a pensé que j'étais trop pudique et troublée par un trop-plein d'émotion. Cela dit ce n'était pas faux.

Dans la salle de bain, sans mon foulard, sans mes cheveux, je me suis regardée dans la glace. Je n'étais pas plus belle. Mais j'étais drôlement contente.

TRENTE-NEUF

Il est une catégorie de femmes qui dominent le monde: les femmes pourvues d'une assurance tranquille, qui ne baissent jamais les yeux.

Celles dont l'aisance attire les regards.
Celles qui ne doutent pas d'elles-mêmes, de leurs capacités, de leurs goûts.
Celles qui font carrière sans culpabiliser.
Celles qui assument le rouge à lèvres et les talons hauts.
Celles qui balancent leurs queues de cheval au rythme de leur course.
Celles dont l'aisance accentue la dignité.
Celles qui attirent les hommes des autres.
Celles qui ne transigent pas avec leur ambition.
Celles qui assument de ne pas travailler.
Celles qu'aucun conflit intérieur n'altère.
Et puis... il y a les autres.

Celles qui cherchent constamment un regard approbateur,
Celles qui voudraient parfois être transparentes,
Celles qui se pèsent tous les matins en rentrant le ventre, puis se re-pèsent pour vérifier,

Celles qui se sentent maladroites,
Celles qui voudraient être une autre,
Celles qui voudraient, mais qui n'y parviennent pas,
Celles qui portent leur honte de n'être qu'elles-mêmes,
Celles qui mutilent leurs envies, leurs désirs pour ne pas faire de vagues,
Celles qui examinent, qui observent et dévisagent,
Celles qui luttent contre elles-mêmes,
Celles qui n'aiment pas leur corps, leurs yeux, leur visage.

Mais celles qui n'ont rien à perdre,
Mais celles qui persévèrent,
Mais celles qui s'accrochent parce qu'elles connaissent le désespoir.

Ma meilleure amie et moi-même marchons côte à côte. Et je suis comme tous les autres, jetant un regard furtif de temps en temps, admiratif aussi, un regard discret pour ne pas dire, pour ne pas lui dire. La poule que je suis admire discrètement le cygne que je ne serai jamais. Ma meilleure amie s'oppose à ma propre inélégance, mon avachissement, et ma tête qui, inexorablement, glisse en avant. Comme une poule.

Pourtant il m'importe peu aujourd'hui de ne pas avoir un port de tête digne et élégant.
Car il est une catégorie de femmes courageuses, persévérantes, acharnées, obstinées, valeureuses et méritantes.

Il était une fois une poule qui ne cherchait plus à être un cygne.

Série "Rue des Beaumonts"

Basse-cour
est le deuxième épisode
de la série "Rue des Beaumonts",
suite de chroniques tendres et féroces sur notre société.

Poursuivez votre promenade
et passez de maison en maison
en lisant *Il faut aimer les gens*,
troisième épisode de la série !

Notes de l’auteur

Vous souhaitez être informé de mes prochaines publications ?
Vous souhaitez échanger avec moi au sujet de ce texte ?
Vous pouvez me contacter à l’adresse suivante :
cecilecrassous.ecrivain@gmail.com
Je serai ravie de vous lire... A bientôt !

Printed in Great Britain
by Amazon

48677116R00102